Der Uhrenverkäufer

FABIAN ACKERMANN

Der Uhrenverkäufer

Ein kleiner Feldbericht

Bibliografische Information der Deutschen Nationalbibliothek:
Die Deutsche Nationalbibliothek verzeichnet diese Publikation in
der Deutschen Nationalbibliografie; detaillierte bibliografische Daten
sind im Internet über dnb.dnb.de abrufbar.

Covergestaltung, Satz, Herstellung und Verlag: BoD – Books on
Demand, Norderstedt

ISBN: 978-3-7526-1760-3

Inhalt

Über den Autor

Fabian Ackermann wurde 1992 in Thalwil geboren und blieb trotz vieler Umzüge im Jugendalter dem linken Zürichseeufer treu. Er arbeitet als Verkäufer und unterrichtet nebenbei Englisch in Zürich. Die im Lauf seines Werdegangs im Luxussegment gesammelten Eindrücke sowie die daraus resultierenden Konflikte prägten ihn maßgeblich und veranlassten ihn zur Niederschrift der vorliegenden Erzählung. Als Stellvertretender Geschäftsführer taucht er noch heute tagtäglich in die sonderbare Welt des Luxusuhrenverkaufs ein, was seiner Prosa Authentizität und letztlich, zumindest in Teilen, den Charakter eines kleinen Feldberichts verleiht.

Anfänge

Es fiel W. nicht leicht, mit knapp sechzehn Jahren zu entscheiden, welchen Berufsweg er einschlagen sollte. In einem Alter, wo ein Teil der Kinderspielsachen noch griffbereit rumliegt und die Pubertät sowie die dazugehörende Selbstfindung gerade erst begonnen hat. Manchen seiner Klasse machte das keine Mühe. Sein Freund Konrad, der schon in der dritten Klasse gerne Tabellen und Grafiken zu allem Möglichen angefertigt und im Rechnen alle vorgeführt hatte, entschied sich für eine Lehre zum Bankkaufmann. – Damit schaffte er es in die Liga der kaufmännischen Ausbildungen, des sagenumwobenen »KV«. Konrads Mutter ohne Schulabschluss schüttelte es vor Stolz und der Vater schwoll vor Freude derart an, dass sich seine Hausmeistergoldkettchen in die Handgelenke gruben.

Auch W.s Freund Quentin bereitete die Berufswahl keine großen Schwierigkeiten. Dem Computer- und Videospielenthusiast war klar, dass er Informatiker werden würde. Dank seiner guten Noten war es ihm mühelos möglich, einen der begehrteren Ausbildungsplätze zu ergattern. Quentins Vater versuchte, sich für ihn zu freuen, obwohl er realisierte, dass sein Sohn den kränkelnden Familienbetrieb nicht weiterführen würde.

Nach und nach waren alle in W.s Klasse mit einer Lehrstelle oder zumindest einer Perspektive für nach dem zehnten Schuljahr versorgt. Übrig blieb nur er. Der Zweitkleinste der Klasse. Laut ersten Rückmeldungen der Mädchen trotzdem relativ gut aussehend und deshalb bereits mit einem nicht zu unterschätzenden Maß an Eitelkeit und Gönnerhaftigkeit ausgerüstet. Ein Scheidungskind ziemlich erfolgreicher Eltern und mit einer acht Jahre älteren Schwester gesegnet, die es ebenfalls ins elternhausdurchrüttelnde KV geschafft hatte. Im unteren Notendurchschnitt rumtänzelnd und in seinen Talenten augenscheinlich so mittelmäßig, dass niemand so recht wusste, was er denn beruflich machen könne. Nichts stach heraus. Nichts war erkennbar. Weder für seine Eltern und Lehrer noch für seine – es werden im Lauf der Jahre ein halbes Dutzend gewesen sein – Tagesmütter. Er verbrachte etappenweise mehr Zeit auf dem Flur der Schule als im Klassenzimmer, ohne dass man sich am jeweils folgenden Tag noch hätte erinnern können, wieso man ihn eigentlich rausschicken musste. Es war W.s charmante Verstohlenheit, die ihn bei Bedarf entweder ins beste Licht rückte oder ihn, sofern Ärger drohte, vor nachhaltigen Bestrafungen verschonte. So kam es auch, dass W. mehrmals auf dem Flur vergessen wurde und dort in einer Gemütsruhe ganze Vormittage mit seiner portablen Spielekonsole verbachte, ohne den Unterricht ernsthaft zu vermissen.

W. blieb letzten Endes nichts anderes übrig, als so viele Berufe anzuschauen wie möglich. Dank einer ausgeprägten Videospielesucht, die seine ganze Sekundarzeit andauerte, hatte er, abgesehen davon, wie viele Gegner sein Stufe-siebzig-Blutelf-Hexenmeister im schwarzen Tempel umhauen konnte, keine wirklichen Interessen, die in der realen Welt hätten nützlich sein können. Deswegen fokussierte man sich bei der Wahl einer geeigneten Lehrstelle besonders auf handwerkliche Berufe, wobei man hoffte, sie könnten den chronisch Uninteressierten wenigstens mit der praktischen Tatsache, etwas mit eigenen Händen erschaffen zu haben, begeistern. Und tatsächlich war es dann auch so, dass W. in den meisten Handwerksbetrieben während seiner Probearbeit überzeugen konnte. Dies lag nicht zuletzt an seinem auffallend guten Benehmen, das in den meisten Handwerksbetrieben, wo die Mehrheit der jungen Bewerber noch nicht in der Lage war, einen vollständigen Satz zu bilden, eine absolute Rarität war und sogar teilweise über die eine oder andere Unzulänglichkeit seiner handwerklichen Fähigkeiten hinwegtäuschen konnte. Diese Tatsache bescherte ihm ziemlich früh auf seiner Lehrstellensuche die ersten konkreten Angebote, die er aber allesamt – man hatte ja noch genug Zeit, um etwas Besseres zu finden – ablehnte, was bei seinen Lehrern immer mehr die Vermutung aufkommen ließ, W. nehme seine Berufswahl auf die leichte Schulter. Denn in Wahrheit war es so, dass jenes Eintauchen in die verschiedenen Handwerksberufe für W. eher eine willkommene Abwechslung zum Schulalltag darstellte und er sich zu keinem Zeitpunkt wirklich darüber Gedanken machte, ob er den Beruf, den er gerade zur Probe ausübte, wirklich erlernen wollte. W.s unausgesprochene Kommentare zu den verschiedenen Arbeitsabläufen waren dabei nicht, wie man es von einem zukünftigen Uhrmacher, Schreiner, Zahntechniker oder Bäcker erwarten würde, »spannend« oder »beeindruckend«, sondern gingen eher in Richtung »witzig« und »überraschend praktisch ge-

dacht«. Seine Gefühle glichen denen einer stolzen Schloss-
herrin, die sich, indem sie zwischendurch ihren Angestell-
ten in der Küche beim Karottenschälen half, ein wenig zu
erden versuchte. Trotz allem hätte er sich beinah in einer
berühmten Zürcher Confiserie zum Bäcker und Konditor
ausbilden lassen. Er zeigte viel Begeisterung fürs kunstvolle
Verzieren von Torten und das Herstellen der verschiedenen
Canapés. Dabei legte W. eine Fingerfertigkeit an den Tag,
über die er selbst erschrak. Dinge schön aussehen zu lassen,
war sein neu entdecktes Talent, das ihm, in Kombination
mit seinem tadellosen Verhalten gegenüber den Kollegen
und Vorgesetzten, einmal mehr problemlos zu einer Lehrstelle verholfen hätte. Er zog auch ernsthaft in Betracht,
diese Lehre anzutreten, jedoch wurde ihm am dritten Tag
seines Probearbeitens seine Eitelkeit zum Verhängnis. Er
musste seine auf einem Blech drapierten Canapés durch
den Gastraum – an allen Tischen vorbei – zur Verkaufs-
theke bringen. Auf seine Frage, ob er sich dafür zuerst seiner Bäckerklamotten entledigen und die privaten Kleider
anziehen dürfe, reagierte sein Chef auf Zeit mit großer Verwunderung und verneinte knapp mit: «Für so was haben
wir keine Zeit hier.» W. hatte sich noch nie zuvor so ge-
schämt wie an diesem Tag. In seinem verschwitzten Kittel,
der karierten Bäckerhose und mit der durchsichtigen Plas-
tikhaube auf dem Kopf ein Tablett durchs gehobene Zürcher Publikum zu balancieren, war ein wahr gewordener
Alptraum. W. war den neugierigen Blicken der gelifteten
Ehefrauen und den abschätzigen Seufzern ihrer hübschen
Töchter schonungslos ausgeliefert. In diesem Moment ver-
gaß er die komplette handwerkliche Leistung, die für solche

schönen Canapés verantwortlich war, und der kleine Funke von heranwachsendem Berufsstolz war in diesem kurzen Augenblick der Exponiertheit wieder erloschen.

Als Mensch war W. noch so unfertig, dass zehn Sekunden vermeintlichen Nichtcoolseins ausreichten, um das Angebot der Lehrstelle überzeugt abzulehnen. Die Entschlüsse und Urteile waren damals schnell gefällt. Mangelnde Erfahrung glich W. mit der Einbildung aus, bereits klare und unerschütterliche Prinzipien zu haben.

Auch weitere Berufseinstiege schlugen fehl. Etwa weil es als Technischer Zeichner nicht schlecht gewesen wäre, einfache Dreisätze im Kopf zu können, oder weil es in der Autogarage seines Patenonkels hieß, dass so ein Fünfundzwanzig-Zoll-Rad schon ziemlich schwer für einen schmächtigen Kerl wie ihn wäre. Auf die Frage, ob sein knapp sechzigjähriger, knorriger Arbeitskollege die Hebebühne für ihn etwas herunterlassen könnte – es wäre ihm nämlich bequemer so –, wurde auch hier wieder mit Verwunderung reagiert. In diesem Fall hatte es zusätzlich die Strafe zur Folge, dass er zwei Stunden unter dem aufgebockten Auto verbringen, mit einem waagerecht ausgestreckten Arm eine komplette Auspuffanlage am Herunterknicken hindern und mit der anderen Hand seinem Kollegen mit der Taschenlampe leuchten musste, der am vorderen rechten Rad hantierte. Als der ihn anwies, ihm einen Kaffee zu holen, fragte W., ob er in der Zwischenzeit den Auspuff festhalten könne. »Das ist nicht nötig«, hieß es, worauf W. loslief, um den Kaffee zu besorgen. Es dämmerte ihm erst Jahre später, dass es das tragende Teil, das er unter schmerzenden Krämpfen in seiner ungelenken Pose zu vertreten glaubte, gar nicht gab. Schon damals war ihm der Gedanke unmöglich, dass es jemand nicht gut mit ihm meinen oder in seinem Tun eigene, niedere Ziele verfolgen könnte.

Alles schien für W. darauf hinauszulaufen, die komplett selbst verschuldete Extrarunde in Form des zehnten Schuljahres anzutreten. Zu seiner Rettung kam ein letztes Arbeiten auf Probe als Detailhandelsfachmann in einem der renommiertesten und berühmtesten Uhren- und Schmuckgeschäfte an der Zürcher Bahnhofstraße. Zur Egomassage der Schüler und Eltern war der Beruf »Verkäufer« damals schon in »Detailhandelsfachmann« unbenannt worden, und den Lehrern der Gewerbeschule wurde es körperlich unwohl, wenn man Formulierungen wie »einfacher Verkäufer«, »Ein zweiwöchiger Einführungskurs hätte es auch getan« oder »Auffangbecken« in den Mund nahm.

W.s Mutter war Kundin in diesem Geschäft und hatte bei ihrer Stammverkäuferin, die gleichzeitig Patientin in ihrer Praxis war, ein gutes Wort eingelegt. W. war schnell überzeugt, diese Gelegenheit wahrzunehmen. Die schwarzen Lederschuhe wurden rasch geputzt, der Konfirmationsanzug bereitgelegt. Dass weiße Socken zum Anzug ein absolutes No-Go waren, war W. nur so halb bekannt, und so stand er wenige Tage später um Punkt 9:30 Uhr vor dem Laden in schwarzem Anzug, rosa Kurzarmhemd, schief gebundener Krawatte und eben dicken, weißen Tennissocken und wartete, bis der Sicherheitsmann den Sicherheitsrolladen hochgezogen hatte. Dieser Ort war alles, was er sich je hätte träumen können. Hier konnte er seine Begeisterung für schönes Handwerk ausleben – nicht als echter Handwerker in verschwitzten Kleidern, sondern als schicker Anzugträger, als Vermittler schönen Handwerks. Die Boutique strahlte eine Atmosphäre eleganter Geschäftigkeit aus. Die Verkäufer und Verkäuferinnen waren allesamt aufs Äußerste herausgeputzt und schwebten über den italienischen Marmor, als trügen sie Rollschuhe. Auf den Bedientableaus balancierten sie keine Canapés oder Schwarzwälder Kirsch-Torten, sondern Uhren und Juwelen erster Güte. Diese wurden der in beigen Ledersesseln sitzenden Kundschaft mit einer wohlwollenden Direktheit angepriesen, ohne auch nur für den Hauch einer Sekunde aus dem Takt zu geraten oder die Zeichen, die sich aus der Körpersprache der potenziellen Käuferschaft ergaben, zu übersehen. Es war dieses Wachsein, dieses Gespür für Konversation, Reaktion und gegebenenfalls Frieden erhaltenden Konter, das W. enorm beeindruckte. Die Detailhandelsfachleute saßen ebenfalls auf edlem Leder, jedoch war es kein bequemer Sessel, sondern ein etwas zu tiefer Schemel. Dies sollte zu einer klaren Hierarchieordnung beitragen und verhindern, dass zum Beispiel ein Kunde bei der Realisierung, dass sein Visavis einen Dreitausend-Franken-Anzug trug, in größere Verlegenheit geriet, sondern selbst als gegebenenfalls hemdsärmeliger Macher immer noch die unsichtbare Oberhand behielt. Sie ließen ihre mit Samthandschuhen umschmeichelten Hände so elegant über die sündhaft teuren Schmuckstücke gleiten, dass es eine Freude war, zuzuschauen. Der in warmes Licht gehüllte Raum wurde von einer schicken, gerade im richtigen Maß wahrnehmbaren Jazzmusik aus unsichtbaren Lautsprechern beschallt. In der Mitte des Geschäfts stand ein massiver Jugendstil-Spring-brunnen, der zugegebenermaßen ziemlich kitschig war, aber das Geschäft war seit den Siebzigerjahren nicht mehr von Grund auf renoviert worden, weshalb auch das Geplätscher dieses Brunnens zum Gefühl des alten Glanzes von früher dazugehörte. Untermalt wurde die Geräuschkulisse von gedämpft geführten Unterhaltungen, die nur hie und da vom etwas zu lauten, ja bald derben Herauslachen eines russischen Oligarchen am oberen Ecktisch unterbrochen wurden. Höchst diskret wurde sein Champagnerglas von nun an nur noch zur Hälfte nachgefüllt. Niemand hätte ihn je gebeten, sich zu mäßigen, denn damals gab es die Obergrenze von einhunderttausend Franken für Barzahlungen noch nicht.

Die Boutique war ein von der hektischen Außenwelt abgeschnittener Mikrokosmos von Schmeicheleien, flüchtigen Blicken zum Nachbartisch, funkelnden Diamanten und als gediegene Jovialität verkleideten Machtspielen. Der ganze Raum schien zu atmen und alle Personen wie ein in sich verschlossener Organismus aufeinander zu reagieren. An fünf Tischen wurde die Kundschaft beraten. Das klare Konzept war die sogenannte Vollbedienung. Hierhin kam man als Kunde nicht zum Durchschlendern, zumal eine gewisse Verbindlichkeit still vorausgesetzt war und bei Bedarf diskret vermittelt werden konnte. Die berühmtberüchtigte Schwellenangst der Kundschaft wurde zum Machtinstrument eines schwächelnden Sekundarschülers, zum in Nadelstreifen gehüllten Aufstieg an die Speerspitze der tieferen Einkommensklasse.

Dies war der Ort, an welchem W. die nächsten zehn Jahre verbringen sollte. Der Ort, der ihn von nun an formte. Dass nicht jeder Tag so angenehm verlaufen würde wie sein Probetag, sollte W. bald herausfinden.

Chinesische Kundschaft

Es ist Samstag, 9:55 Uhr. In Kürze öffnet das Geschäft. W., in dunkelblauem Zweireiher, weißem Hemd und gepunkteter Krawatte, steht am Empfang. Das seidene Einstecktuch mit größter Sorgfalt so zurechtgerückt, dass es gerade diese fünf Millimeter weiter aus der Brusttasche herausschaut, als es im »New Knigge«, den er sonst wie seine Bibel behandelte, vorgeschrieben ist. Durch diese Entschärfung seiner sonst so gestriegelten Aufmachung verspricht er sich, seinem Auftritt eine romantische Note zu geben. Leicht lässig, mit dem linken Ellenbogen an den neuen Empfangstresen gelehnt, stellt er den einen Fuß auf die Spitze und damit die hochglanzpolierten Double-Monks zur Schau. Sie sind brandneu, W. hat sie sich trotz des Fiaskos während der letzten Sommerferien – er hatte vergessen, das Datenvolumen seines Mobiltelefons abzustellen: siebenhundert Franken Auslandsgebühren – geleistet. Man gönnt sich ja sonst nichts, und man möchte schließlich mitmachen. Ein kurzer, oberflächlicher Schwatz mit dem Sicherheitsmann, der seine erste Amtshandlung vorbereitet: die Entriegelung der Tür. Smalltalk beherrscht W. bereits. Er ist unterdessen im zweiten Lehrjahr. Sprachgewandt und sich mit Vorliebe als Traumschwiegersohn verkaufend, kokettiert er allzu gern mit der Tatsache, als Schweizer das unbestreitbar berühmteste Schweizer Produkt zu verkaufen. Und dann noch an der teuersten Straße der Welt, wie es heißt. Manchmal auch nur Europas. Mal liegt London vorn. Ganz egal, hier geht was. Während seines ersten Jahres hat er sich eine kleine, aber treue Stammkundschaft erarbeitet, die vor allem aus lokalen Kunden besteht. Vorwiegend sind es männliche Bankiers oder Juristen, die sich über einen jungen Glücksritter, wie W. einer war, amüsieren und bei einem Besuch gut und gern mal ihre vierzigtausend Franken ausgeben. Einen Teil mit Kreditkarte, einen Teil in bar. »Das Geld muss unter die Leute.« Wahrscheinlich erinnert W. sie an ihre eigenen Anfänge. Auf die Idee, dass er weder ab der sechsten Klasse im Elite-Internat gewesen noch nach dem anschließenden Jurastudium in der Anwaltskanzlei von Dads – man sprach ja Englisch zu Hause – Kumpel unter dessen Fittiche genommen worden war, kommen sie gar nicht.

Bemerkenswerterweise ist W. aber ohne jegliche Ressentiments. Ohne Neid. Nein, er bewundert die, die es ins Gymnasium geschafft hatten und eine höhere Karriere anstreben. Den Hass auf die »Bonzen«, die in der Nähe seiner Schule aufs Privatgymnasium gehen, spielt er nur, um vor den Freunden zu bestehen. Selbst als er mit selbigen auf den saftig grünen Fußball- respektive Rugbyplatz der Private English School urinierte – ins Detail soll hier nicht gegangen werden –, stierte er fasziniert von unten in die Klassenzimmer hinauf. Er konnte die perfekt gepflegte Stuckatur erkennen und einen Lehrer mit Hornbrille dabei beobachten, wie er eine Formel auf die Wandtafel schrieb. So etwas hatte und würde er in seinem Unterricht nie zu sehen bekommen. An seiner Schule war man einfach froh, wenn alle eine Lehrstelle ergattert hatten.

9:58 Uhr, liest W. auf seiner neuen Uhr, die er zwar vom Geschäft für die Arbeit ausgeliehen bekommen hat, aber auch in der Freizeit tragen darf. Die erste hatte er am dritten Arbeitstag so ungünstig am Türrahmen angeschlagen, dass der eine Drücker des Chronographen abgebrochen war. Diese Tatsache war noch kein Problem und wurde vom Lehrmeister großzügig unter den Teppich gekehrt. »Es war die Uhr deines Vorgängers«, sagte er. »Such dir eine andere aus. Diese muss jetzt sowieso erstmal eingeschickt werden und ist, so wie ich die Marke kenne, zwei bis drei Monate weg.« Problematischer war jedoch, dass W. sich für ein Modell im fünfstelligen Bereich entschied. Vierstellig war die Grenze für die Lehrlinge. Dies stieß vielen langjährigen Kolleginnen und Kollegen – sie hatten nie eine Leihuhr bekommen – sauer auf. Doch sein Lehrmeister war gütig und gab angesichts von W.s guten Verkaufszahlen nach. Die neue Uhr, sehr flach und elegant, mit einem Handaufzugsuhrwerk und ohne Datum, bedeutet W. alles. Sie hat keine unnötigen Zusatzfunktionen wie etwa Mondphase oder Stoppuhr, sie zeigt allein die Zeit an. W. sieht sich bereits im zweiten Lehrjahr als Purist, als habe er die pubertäre Phase der großen und protzigen Goldbanduhren endlich hinter sich und gehöre jetzt zu den gesättigten Connaisseurs.

9:59 Uhr. Tief durchatmen, gleich geht es los. Die Musik läuft, die Beleuchtung ist an, der Brunnen plätschert. Sind genügend Tragetaschen vorhanden? Dies ist jeden Morgen seine Checkliste. Als Auszubildender im zweiten Lehrjahr hat er das mühselige und so gar nicht zu einem schicken Anzugträger passende Auffüllen der Bedientische – Stifte, Taschenrechner, Notizzettel, Mehrwertsteuerformulare, weiße Lederunterlagen zum Präsentieren von Perlen, Ringspiel und Ringmessstock sowie Samthandschuhe – der Neuen anvertraut. Abstauben oder einen Mülleimer leeren hat er in der gesamten Lehrzeit noch nie müssen. Putzen ist Aufgabe des Hausmeisters, das versteht sich für alle ohne Diskussion.

Ans Werk, gefasst und mit einem Lächeln. W. ist unter Druck, unter selbst aufgebautem Druck. Er hat geschafft, was keinem vor ihm im ersten Lehrjahr gelungen ist: eine halbe Million Umsatz. Dieses Jahr sind also im Minimum die siebenhundertfünfzigtausend zu erreichen. Er liegt bei vierhundertneunzigtausend und es ist schon Mitte Oktober. Aber heute ist Samstag, der bekanntlich am höchsten frequentierte Tag in der Woche. »Wie viel machst du heute?«, fragt der Sicherheitsmann im Anzug mit Polyesterglanz und ohne Einstecktuch, während er an seinem Schlüsselbund rumfummelt. »Fünfzig sollten schon möglich sein«, sagt W. betont lässig.

10:00 Uhr. Wie auf Kommando stürmt eine Gruppe von dreißig Chinesen ins Geschäft, der Sicherheitsmann rollt schon mit den Augen. Die Lautstärke im Laden steigt augenblicklich von fünfzig auf siebzig Dezibel. W. muss schnellstmöglich eine der drei chinesischen Verkäuferinnen auftreiben, bevor die Schwarmintelligenz alle wieder aus dem Geschäft entschwinden lässt. »Chinese customers«, seufzt er in den Safe. Eine der gefragten Kolleginnen schlurft an ihm vorbei, in den Laden. Vergebens versucht

W., sich davonzustehlen. Die chinesische Kollegin, nach kurzer Zeit voller Energie zurück in den Safe eilend, packt ihn und macht ihn zum Teejungen. W. hat kaum heißes Wasser aufgesetzt, als sich ein Chinese plötzlich direkt neben ihn stellt und in aller Selbstverständlichkeit sein Handy an der in die Küchenzeile eingelassenen Steckdose andockt. Hier im Vorraum, wo sich die Kasse sowie eine kleine Küche befinden, hat, außer dem Personal, niemand etwas zu suchen. Die herumwuselnden Verkäufer erstarren, alles kommt zum Stillstand. Trotz seines schon etwas angekratzten Nervengewands versucht W., dem Herrn höflich klarzumachen, dass er hier nichts verloren hat, und ihn freundlich zu verscheuchen. Den Blick gesenkt, macht dieser aber keine Anstalten, die Bitte auch nur anzuerkennen. Er flüchtet sich hinter die Sprachbarriere, um sich nicht von seinem Tun abbringen lassen zu müssen. W. riecht alten Atem neben sich, vermutlich kommt die Gruppe aus einer ländlichen Region Chinas. Man lässt sich die Muttermalhaare stehen. Im selben Moment kommt der Sicherheitsmann mit rot leuchtendem Gesicht herbeigeeilt. Der Mittfünfziger stellt sich mit seinen zwei Metern und hundertdreißig Kilos so neben den Chinesen, dass dieser versteht und wortlos in den lärmenden Verkaufsraum zurückkehrt. Der optische und kulturelle Kontrast zwischen den beiden mutet schon fast komisch an. Chinesische High Society trifft auf glatzköpfige Kreis-vier-Koryphäe.

Ob das mal wieder einer dieser korrupten Bürgermeister ist oder ein Fabrikbesitzer mit Selbstmordnetzen im Treppenhaus? W. beschließt, dies später die Kollegin zu fragen, um ihr, wenn schon nicht zu gratulieren, wenigstens flapsiges Interesse für ihre Kultur vorzugaukeln und der allgemeinen Missstimmung des Personals gegen die chinesische Kundschaft zum Anschein Paroli zu bieten. Taktisch platzierte Halbfreundlichkeiten. Das Kabel hat der Mann stecken lassen. W. kümmert es nicht. Es ist schließlich von derselben Marke wie sein eigenes Mobiltelefon.

10:15 Uhr. Der Chef der Gruppe, etwa eins fünfundfünfzig groß, in Jogginghose und einem bezüglich seiner Frische fragwürdigen Unterhemd, schmeißt mit abfälliger Handbewegung seine schwarze Kreditkarte auf den Tisch. Seine komplette Gefolgschaft verstummt augenblicklich und wartet gespannt auf das, was folgt. Der Kaufentscheid ist gefallen, sechsundsechzigtausend Franken ohne Mehrwertsteuer. Der Reiseleiter, dessen Aufgabe es ist, seine Gruppe von Attraktion zu Attraktion, von Stadt zu Stadt zu scheuchen, schmunzelt im Hintergrund schelmisch in sein Handy und gibt zwischendurch den dümmlich Beeindruckten, ganz zum Wohlgefallen seiner Kundschaft.

Nun beginnt aber erst das eigentliche Schauspiel. Die übrigen des inneren Kreises der Gruppe, die bereits an Tischen sitzen (der Rest steht), starten das Statuswettrennen. Schwitzend und für europäische Gemütsverhältnisse herumschreiend, lassen sie sich von der ebenfalls schwitzenden und herumschreienden Verkäuferin Uhren zeigen. Auf keinen Fall teurer als die des Chefs, aber so nah dran wie möglich. W. erinnert sich an einen Fischhändler an der Nordsee, der lauthals seinen glitschigen Fang anpries. Als würden sie sich um einen Haufen Aale streiten, schnappen die Chinesinnen und Chinesen ihren Gegnern die Uhren von deren Tischseite weg und knallen sie, wie einen Aal aufs dünne Pergamentpapier, auf ihre Seite. Sie zanken sich förmlich um die Produkte und um die Gunst des Ranghöchsten. Dieser sitzt währenddessen seelenruhig im Ledersessel und schaut dem Treiben seiner Leute zu, wie eine zufriedene Mutter, die ihre süß spielenden Kleinen von der Parkbank aus beobachtet.

Dieses bizarr anmutende Schauspiel wird von einem soeben eingetretenen Zürcher Ehepaar stirnrunzelnd betrachtet. Sie sind wohlweislich am anderen Ende des Verkaufsraumes platziert worden, bleiben aber von der lauten Geräuschkulisse nicht verschont. Die Frau hat einen leeren, apathisch nach vorn gerichteten Blick und gibt ein paar unhörbare, schmallippige Gehässigkeiten von sich, während ihr Göttergatte wie ein klischeehafter Privatermittler versteckte Blicke über die Schulter wirft, um den chinesischen Irrsinn zu beobachten. Ihre Mägen werden zu Giftküchen, die aufstoßende Galle hat sich schon zum konstanten Nebengeschmack in ihren Leben ausgebildet. Es gibt Paare, die nur existieren, um sich zu empören und einander zu sagen, wie sehr sie sich gerade aufregen. Nirgendwo sonst hat W. bisher so viel Hass und Wut gesehen wie in den Augen anständiger Bürger, die sich über andere aufregen. Nie würde man aber auf die Idee kommen, von sich aus etwas gegen eine unerfreuliche Situation zu unternehmen. Man erträgt sie lieber, wie vom Schicksal zu Unrecht Verurteilte. Der persönliche, nie ausgesprochene Frust über die mangelnde Courage wird mit noch mehr Hass aufgewogen. Keine Frage, dieses Erlebnis wird noch einen Monat nachhallen und an den Abenden, an denen das befreundete Ehepaar, das sich ebenfalls gern aufregt, zu

Besuch ist, für Gesprächsstoff sorgen. Die Verkäuferin, die das Ehepaar bei den Tausendeinhundert-Franken-Perlen-ohrsteckern berät, versucht rührend, das Rudel Elefanten im Raum zu ignorieren und ihren Kunden trotzdem einen halbwegs angenehmen Aufenthalt zu bereiten. Schließlich ist man ja »mit den lokalen Kunden überhaupt erst groß geworden«, wie die älteren Verkäufer regelmäßig mahnen. Insgeheim aber wissen alle, dass es von vornherein aussichtslos ist, beiden Kundengruppen gerecht werden zu wollen. Wenn sich Schweizer und Chinesen zur gleichen Zeit im Geschäft aufhalten, sind Spannungen vorprogrammiert. Die chinesische Kundschaft beansprucht, nicht nur wegen ihrer Anzahl, sondern auch wegen ihrer Gewohnheit, das Verkaufspersonal laut herumzuscheuchen, ganze Aufmerksamkeit. Daher sind es gerade nur die Verkäuferin und der Sicherheitsmann, die die Anwesenheit des Ehepaars überhaupt bemerkt haben. Die restliche Belegschaft ist dermaßen mit dem Aufwischen von Grüntee und dem Durchziehen von Kreditkarten beschäftigt, dass sie alles andere um sich herum ausblenden.

11:00 Uhr. Hundertzweiundsiebzigtausend Franken. Selbst für chinesische Verhältnisse ein guter Verkauf. Es ist noch nicht mal Mittag und schon kann man den Samstag als erfolgreich bezeichnen. Die chinesische Verkäuferin grinst nichtssagend, während sie den Stapel Quittungen sortiert und ans Prämienformular heftet. Im Laden hört man wieder die Jazzmusik und das Plätschern des Brunnens. »Ob die wohl wissen, dass man so eine Uhr alle zwei Tage aufziehen muss? Ob sie den Kauf bei der Einfuhr in Shenzhen wohl korrekt deklarieren werden? Ob man sich in China bewusst ist, dass eine verhältnismäßig winzige Gruppe reicher Rüpel nicht nur ihre wunderschöne Kultur mit Füßen tritt, sondern auch, als denkbar ungeeignetste Staatsrepräsentanten, in Form der berüchtigt gewordenen Chinese tourists den internationalen Ruf aller Chinesen befleckt?«, fragt sich W., ohne den Wunsch nach einer Antwort zu verspüren.

In diesem Moment ist das alles ziemlich egal. Der Sturm ist vorbei, die Gästetoiletten sind ruiniert. W. und seine zu Teejungen und Assistenten degradierten Kollegen fragen sich, wieso sie heute Morgen überhaupt ein frisches Hemd angezogen haben.

Das Zürcher Ehepaar hat nichts gekauft. »Es wird erst auf Weihnachten aktuell.«

Bahnhofstraßenposer

11:30 Uhr. Das Aufräumen des Tatorts hat länger gedauert. Der Hausmeister zieht sich fluchend in seine Wirkungsstätte im zweiten Untergeschoss zurück. Die jetzt schon bestimmte *Verkäuferin des Tages* ist in der wohlverdienten Kaffeepause und überfliegt gelangweilt die Neuigkeiten in einer chinesischen Variante von Facebook. Keiner ihrer nichtchinesischen Kollegen hat schon einmal davon gehört. Über eine Milliarde Menschen benutzen die App.

Die Schweizer Verkäufer rotten sich am Empfangstresen zusammen. Ihre letzten Hunderttausender sind Monate, teils Jahre her. Die fetten Jahre mit den Russen neigen sich, nachdem deren Präsident angefangen hat, die ganzen Oligarchen öffentlichkeitswirksam zusammenzufalten, auch langsam dem Ende zu. Die Chinesen, am Anfang noch als exotische Ausnahmen belächelt, sind unterdessen zur mit Abstand stärksten Käuferschaft geworden. Seit Jahren kommen sie jeden Tag in Scharen und kaufen in einer Konstanz ein, dass es fast unheimlich ist. Der Nachschub an Menschen, die Europa bereisen und während des Zwischenstopps in der Schweiz unbedingt eine Uhr kaufen wollen, scheint unerschöpflich. Die Zeiten, in denen man gewisse Produkte nur an speziellen Orten kaufen konnte, sind längst vorbei. Das große Glück aller ist aber der Aufkleber eines Schweizer Juweliers auf der Garantiekarte, der für Touristen unglaublich wertvoll ist und das Objekt an sich für viele erst interessant macht. Die Uhren, die sie dann als Mitbringsel für die Familie mit nach Hause nehmen, sind so teuer wie voll ausgestattete Kleinwagen. Die einst kleinen, familiären Uhrenmanufakturen im Vallée de Joux sind dank ihnen zu Großproduzenten avanciert. Ein Großteil der Produktion ist auf das Kommen beziehungsweise Ausbleiben der chinesischen Kundschaft abgestimmt. Traditionshandwerk bei Petroleumlicht trifft auf Produktionsstraßen und CNC-Maschinen. Europäischer Luxus als Zeichen der Individualität, aber auch als Versuch, sich in ein weltberühmtes Lebensgefühl einzukaufen. Selbsterfindung in einer Gesellschaft des Konformismus. Sie alle kaufen aber letztes Endes dieselben Uhren, dieselben Taschen, dieselbe Haute Couture, übernachten alle in denselben – auf chinesische Kundschaft ausgerichteten – Hotels und kriegen alle dieselben Bauchkrämpfe, wenn sie im Traditionsrestaurant, am besten Tisch sitzend, Fondue probieren. Der Versuch, individuell zu sein, scheitert vor denen, die es zu beeindrucken gilt, kläglich. Man trägt jetzt einfach unbequeme Kleidung. Seit Jahren, tagein, tagaus, dasselbe Schauspiel, dieselbe Erkenntnis immer wieder aufs Neue. Es ist zum Zusammenbrechen. Außenstehende fühlen sich beim Anblick dieses verbissenen Konsumwettrennens vor den Kopf gestoßen und fragen sich naiv, wieso man die eigene, für alle Welt faszinierende Kultur dermaßen schnell von sich abstreifen möchte.

Die Boutique hatte die Hoffnung, wieder einmal zuoberst auf der Umsatzliste zu stehen, schon lange aufgegeben.

Doch dann hatte man drei chinesische Verkäuferinnen eingestellt. Das Anforderungsprofil: Chinesisch, ein paar Brocken Deutsch und das Ausrechnen der Mehrwertsteuer beherrschen. Die lokale Kundschaft und, offen gestanden, alle übrigen Touristen sind nur noch Beigemüse, ein schöner Bonus, gegen den man sich weder wehrt noch sich nach ihm ausstreckt. Dies merkt zum Beispiel der patriotische Luzerner, der vom Schwanenplatz geflüchtet ist, und nun die Schmach erlebt, zu den Zürchern gehen zu müssen, um ungestört bummeln zu können. Es überrascht nicht, dass es ihm dann, während des Chinese New Year, beim Anblick der im Rot der Volksrepublik eingeklebten Fassaden an der Bahnhofstraße, vor lauter Entrüstung die Fußnägel nach hinten klappt. Wenn dann noch jemand am Empfang steht, der seiner Meinung nach *nur* Hochdeutsch kann, lässt die Ein-Stern-Bewertung auf den Bewertungsportalen nicht mehr lange auf sich warten. Aber die Umsätze mit der chinesischen Kundschaft sind so enorm, dass kein Unternehmer, der halbwegs bei Sinnen ist, sie sich entgehen lassen würde. Macht ein Händler mit, dann ziehen alle nach, um kein Nachsehen zu haben. Wer von sich sagt, er würde das nicht so machen, wird mit größter Wahrscheinlichkeit nie in die Verlegenheit kommen, einen solchen Entscheid treffen zu müssen. W. und seine Kollegen sind sich aber einig. Sie sind es, die den Laden »tragen«: »Wir sind noch die mit dem Fachwissen.« Die große Wertschätzung der lokalen Stammkundschaft macht das Schattendasein auf der Umsatzliste ertragbar.

11:35 Uhr. W. steht plötzlich allein am Empfang. Verwundert schaut er um sich. Er sieht gerade noch, wie die

Ferse seines Lehrmeisters hinter der Tür zum Kassenraum verschwindet. Der Sicherheitsmann schmunzelt und geht in Position, um die Tür für die herannahende Kundschaft zu öffnen. Man hat sie bereits, von der anderen Straßenseite auf das Geschäft zusteuernd, erspäht und das Weite gesucht. W. realisiert, was gleich passieren wird. Es handelt sich um ein Dreiergespann von Bahnhofstraßenposern. Eine Gattung, die fast ausschließlich samstags, und nur bei gutem Wetter auftaucht. Ladies first.

Sie: klein, aufgedunsen. Die wasserstoffblonden Haare sind so straff zu einem Pferdeschwanz zusammengebunden, dass sich im Gesicht ein Lifting-Effekt ergibt. Die blauen Augen, wahrscheinlich ihr Markenzeichen sowie das Hauptargument ihrer gesamten Person, sind von dicken, schwarzen Balken überdacht. Diese Augenbrauen sind nicht nur zu hoch, sondern auch in einem so ungünstigen Winkel in die Stirn eintätowiert, dass sie permanent überrascht und skeptisch zugleich wirkt. Die Schlauchbootlippen, die aussehen, als habe man darin zwei Erbsenschoten aus Wildernte eingepflanzt, werden mit rotem Lippenstift hervorgehoben. Sie trägt einen knallengen pinken Rollkragenpullover und darüber eine viel zu große Bomberjacke mit Schaffellkragen auf den Schultern. Die goldenen Leggins, bis über den Bauchnabel gezwängt, betonen, was es nach Smoothie-Kur und Fast-Food-Fresswahn zu betonen gibt. Die Sportschuhe, noch breiter als ihre Waden, sind in einem dezenten rosa Tarnmuster gehalten. Ihre weißen Knöchelsöckchen schneiden beharrlich ins Fleisch. Die ausgefranste Markenhandtasche rundet den Gesamteindruck ab.

Er 1: gut eins achtzig, der aufgepumpte Bizeps spannt das paillettenbesetzte T-Shirt mit Totenkopfsujet. Die grauen Trainerhosen sind eng. So eng, dass man mit vollendeten Tatsachen konfrontiert wird. Man starrt unfreiwillig darauf wie auf einen schlimmen Unfall. Ein hauchdünnes Goldkettchen schwingt unabsichtlich absichtlich über dem T-Shirt und um den von hervorstehenden Adern übersäten Hals. Das Bauchtäschchen wird nicht klassisch um die Hüfte getragen, sondern schräg, wie die Schärpe einer Schönheitskönigin. W. hat sich sagen lassen, dass diese Muskeltypen häufig mit solchen Bauchtäschchen rumlaufen, um sich zu gegebener Zeit mit Stoff versorgen zu können. »Welche Substanzen der wohl da drin haben mag?«, fragt sich W., während er besorgt seinem herannahenden Verderben entgegenblickt, Hüttenkäse und Haferflocken werden es wohl kaum sein. Am linken Handgelenk hängt eine riesige Uhr mit mindestens fünfzig Millimeter Durchmesser. Sie sitzt viel zu locker. Man hat ja schließlich für jedes Bandglied bezahlt. Das Gehäuse in Goldoptik glänzt im Sonnenlicht. In der rechten Hand flattert die große Einkaufstasche einer Haute-Couture-Marke im Wind. Dass sie wie ein Drachen im Wind gleitet, lässt zwei Vermutungen zu. Entweder ist sie leer und vom letzten Einkauf und wird nun wiederverwertet, oder man hat beim Kauf des Schlüsselanhängers eine große Tüte verlangt. Auf der Schirmmütze prangt das Symbol einer großen Metropole, was die Frage aufwirft, ob er eine ungefähre Ahnung haben könnte, wo sich diese Stadt befindet, oder gar weiß, was diese zwei berühmten Buchstaben eigentlich abkürzen. Außerdem trägt er sie, wie viele seines Typs, nicht regulär um den Kopf, sondern im wahrsten Sinne des Wortes auf dem Kopf. Den Grund dafür hat W. bis heute nicht durchschaut. Gehört es aus irgendwelchen absurden Hintergründen zum guten Ton, unter der Kappe noch eine zweite Stirn anzudeuten? Oder wird der Raum genutzt, um etwas zu transportieren? Untermalt wird der elegante Auftritt durch schwarze Lackschuhe, die man praktischerweise auch in der Oper tragen kann.

Er 2: das Gegenteil von Er 1 in den Proportionen. Seine schmächtige Statur wird von äußerst markanten Accessoires erdrückt. Er trägt eine übergroße Gürtelschnalle sowie eine dieser dicken Pilotenbrillen mit Goldrand, die den IQ mindestens halbieren und, wenn überhaupt, nur von einem Reeperbahnzuhälter stilecht getragen werden können. Die Gürtelschnalle wird durch frontseitiges In-die-Hose-Stecken des T-Shirts sichtbar gemacht. Wenn man schon ein Drittel des Gesamtvermögens für ein Symbol der Reichen springen lässt, muss man es auch zeigen. Die schwarzen Haare sind mithilfe von viel Haargel stramm gescheitelt, und an der linken Schläfe rasierte man zwei Streifen rein, was für einen dynamisch kompetenten Auftritt sorgt. Die dominante Gangart gehört ebenso zu seinem Balzverhalten wie das eifrige Beobachten der Umgebung, um zu sehen, ob man ihm vielleicht von irgendwoher nachschaut. Sobald er dann von einer von seinem luxuriösen Auftritt beeindruckten Interessentin gemustert wird, starrt er beschäftigt an ihr vorbei. »Schauen darf sie ja.« Zu einem Kontakt wird es nie kommen, denn er befindet sich schließlich in einer anderen Sphäre als die breite Masse. Auf sonderbare Weise hat er ja auch recht damit. Auf seinen Schultern liegen große rote Kopfhörer, die während des Verkaufsgesprächs mit W., gerade noch hörbar, gediegenen Deutsch-Rap von sich geben. Die ehemals weißen Turnschuhe sind komplett durchgelatscht. An den Ohrläppchen brilliert der Zirkonia.

11:36 Uhr. Die Tür geht auf.

»Herzlich willkommen, was kann ich für Sie tun?«

Den ersten emotionalen Selbstverrat begeht W. schon bei der Begrüßung, da er sie siezen muss, obwohl sie nur ein paar Jahre älter sein können und dem ersten Eindruck nach zu denen gehören, die ausschließlich durch das Argument der Dominanz erzogen worden sind und deshalb von Haus aus jeglichen Anstand des Gegenübers als Charakterschwäche ansehen.

Er möchte Uhren anschauen, sagt Er 1.

»Ja, das haben wir. Schon eine bestimmte gesehen?«

Man möchte sich inspirieren lassen. Das Anbieten des Platzes erübrigt sich in dem Moment, als sich die weibliche Begleitung aufs Sofa neben dem Eingang fläzt. »Endlich sitzen!«, gibt sie, Erschöpfung simulierend, von sich. Ihr Versuch, das rechte Schienbein mit den Händen zu umklammern und den Fuß auf dem Leder zu parken, wird sofort von einem bösen Blick des Sicherheitsmannes abgestraft. Der Sitzplatz beim Eingang ist taktisch gut gewählt, denn dort kann man sich gut von allen, die durchs Schaufenster in den Laden spähen, bei seinem gespielten Alltag beobachten lassen. Die Herren folgen ihr zum Sofa und fragen, ob sie was zu trinken haben können.

»Was darf ich bringen?«, fragt W.

»Champagner!«, scherzt die Dame im Ernst.

Beim Öffnen des Kühlschranks wird W. von seinen Kollegen verspottet. Die erste Flasche des Tages wird geköpft. Die Regeln des Anstands und des Taktgefühls greifen ab sofort nicht mehr. Der junge Verkäufer ist gebrochen und lässt sich herumscheuchen. Während sich W., den Champagner balancierend, den Weg zurück zum Sofa bahnt, hört er, wie sie mit schrillen Worten über jemanden herzieht: »Er ist eh ein Versager, und seine Freundin ist voll magersüchtig.« Er 2 schlürft den Champagner und spreizt dabei in übertriebener Manier den kleinen Finger ab, so wie es die Leute immer tun, wenn es ihnen eigentlich zu viel ist. Sie merken, dass sie zu hoch ins Regal gegriffen haben und der Situation nicht gewachsen sind, und kopieren deshalb bewusst oder unbewusst herrschaftliches Verhalten. Man macht sich über das lustig, was man nicht versteht.

12:00 Uhr. Er 1 probiert alle Uhren, die W. ihm bringt, genüsslich an. Mit fachkundigen Kommentaren wie »brutal«, »fett«, »Bling-Bling« und »hässlich« werden die kleinen Kunstwerke bewertet. W. spürt einen Kloß im Hals, während er die Demütigungen scheinbar gut gelaunt erträgt und die Duftwolke des Goldbarrenparfums auszuhalten versucht. Wie ein Pascha sitzt Er 1 breitbeinig in der Mitte und geht immer wieder so grob mit den Uhren um, dass W. eingreifen muss. Er 2 bestätigt die Meinungen von Er 1 konsequent und ergänzt diese immer mal wieder mit »ja, Alter«, probiert aber selbst keine Uhr an. Er 1 scheint der Anführer der Gruppe zu sein. Der Rang in der Hierarchie wird zum einen von dem, nennen wir es mal *ursprünglichen* Attribut, Muskelkraft (Bizepsumfang), zum andern von der Fähigkeit, mehrere Kleinkredite und Leasings zu jonglieren, bestimmt.

Es gibt eine Frage, die von der Gattung Bahnhofstraßenposer in neunundneunzig Prozent aller Fälle gestellt wird: »Welches ist die teuerste?« Auch hier wird W. nicht enttäuscht. Er lügt, die teuerste Uhr koste vierzigtausend und sei gerade reserviert. »Voll übertrieben«, entgegnet Er 1 bodenständig. Ist es eigentlich traurig, interessant, bemerkenswert oder einerlei, dass das ultimative Statussymbol am Handgelenk, das diese Poser sich je erträumen können, gerade mal achttausend Franken kostet? W.s emotionale Folter gipfelt in dem Moment, als die Poserin, die die ganze Zeit über mit ihrer Schachtel Menthol-Zigaretten herumgespielt hat, »diesen gelben Stein« aus einem der inneren Schaukästen anprobieren möchte: einen gelben Diamant-Solitärring.

Very, very small inclusions / fancy vivid yellow / 10.23 ct. / cushion cut

Erst jetzt bemerkt W. das geschmackvolle Sternchen, das auf ihrem Handrücken eintätowiert ist. Wüssten die armen Minenarbeiter in Südafrika, an was für einen aufgedunsenen, schlecht manikürten Finger dieses Naturwunder gleich gesteckt würde, sie hätten einen weiteren Grund zum Kollabieren.

Sie fragt, ob sie ein Foto machen kann, während sie, den Mund vor lauter Konzentration halb geöffnet, mit dem Autofokus der Handykamera bereits das Bling-Bling des Rings einzufangen versucht.

»Ja, aber ohne das Preisschild«, sagt W. Keiner ihrer Follower soll ihr glauben, dass dieser Ring über hunderttausend Franken kostet. Allgemein wird von fast allem ein Foto gemacht. Alle drei machen Selfies. Die Handydisplays von ihr und Er 1 haben einen Sprung. Das Scheindasein in den sozialen Netzwerken muss aufrechterhalten werden, das ist das Allerwichtigste.

W. fragt sich, wie sich die drei nun, da sie ja offensichtlich nichts kaufen werden, aus der Affäre zu ziehen gedenken. Werden sie sich die Referenzen aufschreiben lassen? Oder werden sie lügen, sie gingen zur Bank, das Geld abheben? Oder hat W. während des ganzen Zusammentreffens so wenig Autorität an den Tag legen können, dass sie sich einfach trauen sollten, aufzustehen und kommentarlos zu gehen? Sie entscheiden sich für den Klassiker.

12:30 Uhr. »Wir müssen noch eine Nacht drüber schlafen«, sagt sie, während Er 1, der sich in der unterdessen gut gefüllten Boutique einen Moment lang unbeobachtet glaubt, ihr halbvolles Glas Champagner auf ex trinkt.

»Schade, morgen ist Sonntag«, entgegnet W. Man hat kein Gespür für Ironie.

Die zwei Männer gehen voraus, sie wackelt hinterher. Kaum ist man draußen, dreht man die Köpfe, um sich zu vergewissern, ob man auch beim Verlassen des exklusiven Juweliers gesehen worden ist. Am Ende des Nachmittags steigen sie am Zürcher Hauptbahnhof wieder in die S-Bahn, setzen sich in die zweite Klasse und balancieren Fast Food auf ihren Knien. Den Abfall sowie eine volle Fanta lassen sie im Abteil liegen. Ein erfolgreicher Tag. Man wurde wahrgenommen. Übermorgen übernimmt Er 1 wieder die Spätschicht im Flatrate-Fitnessstudio, Er 2 trägt in irgendeinem feuchten Rohbau eine Leiter, und sie setzt auf ihrem

Dreitausend-Franken-Laptop in Pink die Stellensuche fort. »Irgendwas mit Beauty.«

Wären die Luxusprodukte den Reichen vorbehalten, wären manche Leute weniger oder gar nicht erst depressiv. Nun kratzen viele ihr ganzes Geld zusammen, nur um die Symbole der Reichen zu kaufen. Nur um einen Schein aufzubauen und dabei vor allem sich selbst zu belügen. Sollte man sich hier kurz auf den oberflächlichen Gedanken einlassen wollen, dass teure Mode und Accessoires tatsächlich irgendeine Wichtigkeit und Bedeutung besitzen, müsste zumindest dem Poser gesagt werden, dass sie nur gut aussehen, wenn sie mit Beiläufigkeit getragen und letzten Endes auch mit Beiläufigkeit gekauft werden können. Teure Mode untermalt die Reiche, den Reichen. Sie erhebt sie in den Augen des Faszinierten noch höher. Dabei stellt sie lediglich die Begleiterscheinung eines gehobenen Lebensstandards dar. Den selbstzerstörerischen Nacheiferer allerdings erhebt so ein Kauf nie. Er zieht ihn runter. Erdrückt ihn. Der hervorgehobene Sechshundert-Franken-Gürtel als peinliche Zusammenfassung der ganzen Person und höchst unfreiwilliges Offenlegen niederer Vermögenswerte. W. vermutet, dass die Poser überzeugt sind, dass jeder Mensch, der keinen teuren Geländewagen fährt oder keine teure Kleidung trägt, sich diese auch nicht leisten kann. Wieso sollte man denn sonst darauf verzichten? Sie haben den Tunnelblick, da sie den persönlichen Aufbau übersprungen haben und direkt zum Konsum übergegangen sind. Wer aus finanziellen Gründen über den Kauf einer Dreitausend-Franken-Uhr schlafen muss, sollte schlicht die Finger davonlassen. Das von Ratenzahlung und Kleinkrediten erzwungene Zugänglichmachen aller gehobenen Erlebnisse –Luxusshopping betreiben, ein teures Auto fahren, in edlen Restaurants essen, im Fünf-Sterne-Luxusresort Ferien machen oder anderen kostspieligen Freizeitbeschäftigungen nachgehen – ermöglicht bestimmt das Erfüllen manch lange gehegten Traums. Es ist aber anzunehmen, dass es bei der Mehrzahl der Pumpkonsumenten zu verkorksten Wertvorstellungen sowie verzerrten Selbstbildern führt. Der von Status Getriebene lebt nicht nur neben sich her, sondern auch über seine Verhältnisse und versucht, sich in der eingebildeten Bewunderung, die andere ihm für seine Inszenierung entgegenbringen, zu sonnen, während der Drache in seinem Keller immer größer und größer wird. Auch für den Uhrenverkäufer im Luxussegment ist es ganz und gar nicht ausgeschlossen, sich früher oder später mit seiner überaus zahlungskräftigen Kundschaft zu verwechseln. Ein Phänomen, das in ernüchternder Häufigkeit beobachtet werden kann.

Das klassische Schweizer Kunden-Ehepaar

12:35 Uhr. »Deinetwegen verschiebt sich die komplette Mittagsplanung«, wird W. angeschnauzt. Er hätte vor einer halben Stunde Pause gehabt, hat sich aber von der letzten Kundschaft aufhalten lassen. Die Einteilung in Mittagsgruppen stellt sicher, dass immer eine gewisse Anzahl Verkäufer auf der Ladenfläche ist. »Bei mir wären die nach fünf Minuten draußen gewesen!«, schimpft der Dienstälteste, der sich gerade über den Mittagsplan beugt und diesem entnimmt, dass auch er von der entstandenen Verzögerung betroffen ist. Die langjährige Verkäuferin, die das wichtige Amt der Mittagsgruppenplanung innehat, tut angestrengt geschäftig, während W. die verschmierten Champagnergläser auf das Tablett zurückstellt.

Die Bahnhofstraßenposer haben ihn viel Kraft gekostet. W. fühlt sich leer, ausgelaugt, matt. Derben Menschen ist er, der noch Unausgereifte, komplett ausgeliefert. Jedes Mal, wenn er über eine niveaulose Bemerkung hinweghört, über einen geschmacklosen Witz lacht, lügt, dass dem Kunden die Uhr gut stehe, oder sonst gute Miene zum bösen Spiel macht, bröckelt zwar nie seine Fassade, aber etwas in seinem Innersten. Und dies alles unter dem schützenden Deckmantel der Professionalität? Nein, das ist in dieser Boutique nicht möglich. Es handelt sich hier nicht um eine Hotellobby, wo man sich in professionelle Distanz und ein Wirrwarr von Kompetenzstufen retten kann. Hier sind die Ratschläge, die Versprechen, die Komplimente und die Fehler alle höchstpersönlich, zwischenmenschlich. Mit dem Preis steigt die eigene Verantwortung. Nur die allerwenigsten interessieren sich zu hundert Prozent für das Produkt. Das Drumherum muss stimmen. Und dazu gehört ein großes Einfühlvermögen in die Kunden und die vielgeschätzte persönliche Note. Wie gelingt es einem jungen Jemand, der noch nicht im Anspruch enttäuscht worden ist, er selbst sein und bleiben zu dürfen, solch einer Arbeit nachzugehen, ohne einer permanenten, alles trübenden Traurigkeit zu verfallen?

12:40 Uhr. »Ein absoluter Alptraum. Der hat es heute Morgen nicht einmal geschafft, eine normale Hose anzuziehen«, murmelt W., während er am Sicherheitsmann vorbei nach draußen trottet. W. darf jetzt Mittagspause machen. Wie jeden Samstag, wenn er in seinem Anzug die Bahnhofstraße Richtung Edel-Confiserie überquert, fragt er sich, wie er wohl angeschaut wird und was die bummelnden Leute denken, was er beruflich mache. Es ist ja für alle absolut klar, dass er – im Anzug an einem Samstag – beruflich unterwegs ist. Oder könnte auch die Horrorvorstellung stimmen, dass manche denken, auch er habe frei und sich zum Bummeln auf der Luxusmeile so aufgebrezelt? Denken die etwa, er sei ein Bahnhofstraßenposer!? Ist er auch nur einer dieser Imitatoren, wenn er im feinen Anzug, wie der Erbprinz einer Privatbank aussehend, geschäftig über die Bahnhofstraße läuft – nur um später im fensterlosen Keller sein Sechsundzwanzig-Franken-Mittagessen herunterzuschlingen? Allein der Gedanke beschämt W. und er senkt den Kopf. Er beginnt zu schwitzen. Nur jetzt keinen Augenkontakt. Mit niemandem. Ein innerer Druck steigt in ihm. Jetzt will er nur noch so schnell es geht den teuren Salat mit Sandwich krallen, vor der hübschen Bäckereifachverkäuferin bestehen – die heute zum Glück gar nicht da ist – und danach wieder ab durch die Meute, die sich in diesem Moment ausschließlich für ihn interessiert, zurück in die Sicherheit seines Uhrenparadieses. Bereits auf den letzten Metern des Rückwegs löst sich der Druck. Der sichere Hafen ist bald erreicht, und sein edles Outfit beginnt für all seine Beobachter an Sinn zu gewinnen. Selbst während er durch den Laden Richtung Hinterzimmer läuft, fühlt er sich beobachtet. Haben es jetzt auch die Letzten verstanden, dass er nur hier arbeitet?

Was ist eigentlich echt? Gibt es tatsächlich Leute, die sich in einem solchen Ambiente wie in seinem Geschäft so ganz von Herzen wohlfühlen? Stimmt es, dass alle Leute, die er bei den zahlreichen Cocktails und Galadinnern kennengelernt hat, in Wirklichkeit »bodenständig« und »unkompliziert« sind? Sie nennen sich auf jeden Fall immer so und betonen, dass »all das« eigentlich gar nicht so Ihres sei. »Ich habe am liebsten einfach ein Stück Fleisch, die ganzen Schäumchen und Saucen mit zwanzig Zutaten sind mir zuwider.« Wieso sieht er sie dann immer an diesen Orten? Wieso loben sie alle sieben Weine des Abends, als wären es pure Glückselixiere, wenn sie doch eigentlich lieber eine Cola tränken? Wieso ist niemand in der Lage, einfach zuzugeben, dass er oder sie solche Anlässe, an denen man sich so schön selbst inszenieren kann, genießt? Sich herauszuputzen, um bestmöglich auszusehen, ist an und für sich ja kein Verbrechen. Nein, sie können es nie zugeben. Man lügt lieber und heuchelt Bodenständigkeit vor, obwohl man ihnen genau ansieht, wie sehr sie für diese seichte Gesellschaft leben. Wären sie doch wenigstens in ihrer Oberflächlichkeit authentisch. Haben die ganzen Aussteiger und Anti-Materialisten recht und schon erkannt, was wir, der Rest, noch zu erkennen haben, oder erliegen auch sie, wie so viele, der Anziehungskraft einfacher Erklärungen in Schwarz-Weiß? Wieso fühlt man sich von einem Poser in Trainerhosen eigentlich so gestört? Besteht der Kern der Provokation in der simplen Tatsache, dass Trainerhosen einfach sehr bequem sind? Dass sie uns an unsere heimische Gemütlichkeit erinnern? An den geliebten und unterdessen einzigen Ort, an dem man noch vollends man selber sein kann? Womit einem, beim Anblick von Leuten, die ihre Bequemlichkeit nicht auf die heimischen Wände begrenzen wollen, immer wieder aufs Neue vor Augen gehalten wird, dass man sich, während man die Bahnhofstraße rauf- und runterjagt, die Uhr krampfhaft sichtbar hervorschüttelt, sich in jeder dritten Spiegelung der Schaufenster überprüfen muss und permanent bemüht ist, überlegen zu wirken, auf der Suche nach Glück auf einem katastrophalen Holzweg befindet? Ist es das schmerzhafte Daran-erinnert-werden, sich erneut in eine Situation manövriert zu haben, in der man sich, wie man heimlich weiß, in nicht geringem Maße selbst verrät? In eine Situation, die man für andere erlebt. In Kleidung, die man für andere trägt. Sich in eine Preislage begibt, die einem ungemütlich ist, aber imponiert.

Schlussendlich ruft die Summe all dieser kleinen Selbstverrate eine permanente Gereiztheit hervor, in der man dann als fertig verwandelte Tusse oder fertig verwandelter Schnösel lediglich unter seinesgleichen existieren kann und man alles und alle nur noch mit schnippischer Attitüde zu kommentieren weiß. Eine Gereiztheit, die einen veranlasst, sich ausschließlich mit den potenziellen Fragen anderer zu beschäftigen, sodass man am Ende nur noch Antworten für andere bereithält und unfähig geworden ist, sich die lebenswichtigen und sich aufdrängenden Fragen zu stellen. Die wahrhaft tolle Person denkt nicht an die Überlegenheit. Sie kennt sie nicht. Sie ist ihr aufgrund der Existenz von Tussen und Schnöseln naturgegeben. Ohne Markenlogos.

Ist W. schon so verroht, dass er keine echten Emotionen mehr erkennen kann und nur die gekünstelten und übertriebenen für echt hält? Ist es eigentlich normal, sich bei der Arbeit permanent unwohl zu fühlen?

Zuerst einmal die entgegenkommende Chef-Schmuckeinkäuferin im Keller freundlich grüßen und rasch zur Kantine. Das Gedankenwirrwarr muss warten, die Mittagspause ist kurz.

Tief gebeugt sitzt W. über seinem Essen und beobachtet mit verstohlenen Blicken seine Kollegen, die ebenfalls in der schmucklos tristen Kantine sitzen. Der eine spielt noch lustlos mit der Pizzarinde, während der andere bereits raucht und gelangweilt in einer der stets ausliegenden Uhrenzeitschriften blättert. Der dritte hält, sich mit verschränkten Armen im Stuhl zurücklehnend, ein kurzes Mittagsschläfchen, während seine ursprünglich zur Fleckenprävention über die Schulter geworfene Seidenkrawatte in gemächlichem Gleichtakt hinter der Stuhllehne baumelt. Wie alle haben auch sie ihre kleinen, aus mürbe-machender Routine geborenen Rituale, um wenigstens für kurze Zeit den Kopf von dem im oberen Stockwerk statt-findenden Freundlichkeitsdauerlauf freizubekommen. Man spricht so gut wie nichts während der Mittagszeit. Jeder möchte seine Ruhe haben. Auch für die Routiniers bleibt die Schauspielerei ein anstrengendes Geschäft. Nur das Säuseln der Klimaanlage und das regelmäßige feine Geräusch des Ascheabklopfens sind zu hören.

13:00 Uhr. Das Telefon an der Wand klingelt. Man schreckt auf. Alle Augen wandern zu W., ohne dass sich die Köpfe bewegen. Dieser stellt seinen Hühnchen-Curry-salat mit Pinienkernen zur Seite.

»Ja, bitte?«

»Wir brauchen Sie oben.«

Der Dienstälteste ist dran. 38 Jahre im selben Beruf, im selben Geschäft.

W. wirft einen Blick auf den Monitor der Überwachungs-kamera. Nur ein Kundenpaar sitzt am linken Bedientisch gleich bei der Fensterfront. Der Monitor hier unten in der Kantine ist neu – um den Laden im Auge behalten und den gegebenenfalls vom Kundenstrom überrannten Kollegen zu Hilfe eilen zu können. Das macht natürlich nie jemand. Vor allem nicht an einem Samstag, wenn man nur dreißig Minuten Mittagszeit hat.

»Der Laden ist so gut wie leer, was gibt's denn?«, spru-delt es aus W. heraus. Eine Frechheit, die ihn noch bis zum abendlichen Zähneputzen verfolgen wird. Die Vormittags-kundschaft hat ihn dünnhäutig gemacht.

»…«

»…«

»Kommen Sie hoch, ich habe die perfekten Kunden für Sie.«

»Ich komme gleich, danke, auf W …«

Der Kollege hat aufgelegt.

Die perfekten Kunden für den Lehrling im Uhren- und Schmuckverkauf wünschen entweder etwas Günstiges oder eine zeitaufwendige Beratung. Häufig auch mal beides gleichzeitig.

W. schmeißt den Rest seines Salats in den Mülleimer. Er weiß, dass er ihn nicht mehr zu Ende essen wird. Er hätte zwar am Nachmittag noch eine Pause, aber die Männer verbrauchen diese Viertelstunde mit ihren Rauchpausen vor dem Geschäft, bei denen sie versuchen, die Bahnhofstraße zu lesen. Keiner von ihnen setzt sich für fünfzehn Minuten in die Kantine. W. traut sich noch nicht, ebenfalls draußen mitzuqualmen. Er hat zu Beginn seiner Ausbildung den richtigen Moment verpasst, sich als Raucher zu offenbaren. Außerdem wäre das Risiko groß, dass ihn die eine intrigenliebende Kollegin, die ungeachtet von W.s Einstieg in die Firma die Stammverkäuferin seiner Mutter geblieben ist, verraten würde. Vorerst verzichtet er also auf die Nachmittagspause.

Die Blicke der Kollegen, die während des Anrufs an W. hafteten, senken sich wieder. Man ist froh, dass man nicht gerufen wurde. Der eine, der gerade noch mit der Pizzarinde hantierte, holt entspannt sein goldenes Briquet hervor, das ihm eine Uhrenmanufaktur vor Jahren für den Verkauf ihrer Neunhundertsiebzigtausend-Franken-Uhr geschenkt hat, und zündet sich genüsslich eine Zigarette mit weißem Filter an.

Es gibt an W.s Arbeitsort drei Konstanten.

Konstante 1: Jeden Montagmorgen sieht er den Firmen-eigentümer mit einer Stange Dunhill-Zigaretten den Auf-zug betreten. Allgemein rauchen alle in der Uhren- und Schmuckbranche wie ein Schlot.

Konstante 2: Eine Uhr lässt sich zehn Jahre lang einfach nicht verkaufen. Wenn sich dann der Lieferant endlich er-barmt und sie für eine Gutschrift zurücknimmt, kommt in derselben Woche ein Kunde und fragt nach exakt dieser Uhr. Mit konkreter Kaufabsicht, versteht sich.

Konstante 3: Alle Kunden kommen auf einmal. Es kann zwei Stunden komplette Flaute herrschen. Kaum ist aber der erste Kunde eingetreten, ist das Geschäft innert zehn Minuten dermaßen voll, dass man nicht auf alle eingehen kann, worauf die Übriggebliebenen, in der Überzeugung, es sei eine rein von Äußerlichkeiten bestimmte Verschwö-rung gegen sie im Gang, gekränkt das Geschäft verlassen.

13:05 Uhr. Die Aufzugstür zum Hinterzimmer im Erdge-schoss geht auf. Der Dienstälteste steht schon nervös bereit, um W. zu den Kunden zu führen. »Endlich, kommen Sie mal!« W. biegt aber rechts ab, um sich zuerst neue Satin-handschuhe und ein sauberes Bedientableau zu besorgen. So viel Zeit muss sein. Ungeduldig schaut der Dienstälteste zu und tippelt auf der Stelle.

»Also, los geht's. Absolute Premiumkundschaft. 18 Ka-rat!«

Das ist es irgendwie immer, wenn man aus der Mittags-pause geholt wird. W. fasst es als Lüge und nett gemeinte Ermutigung zugleich auf. Er und der Dienstälteste schrei-ten durch den Laden auf die ihnen mit dem Rücken zugewandt sitzenden Kunden zu. Dieser Moment ist immer etwas Besonderes für W. Weil die Kunden ihn bis zum unmittelbaren Kennenlernen noch nicht sehen können, ist der Moment, die halbe Sekunde, die über Sympathie oder Antipathie entscheidet, sehr intensiv zu erleben und gut zu beobachten. Das leichte Drehen der Köpfe, ein kleines Funkeln in den Augen, das minimale Sinken eines Mundwinkels, wie lange der Blick erwidert wird, sind alles Indikatoren dafür, wie das Verkaufsgespräch verlaufen wird. Es ist W. enorm wichtig, diese Zeichen der natürlichen, automatischen Körpersprache lesen zu können. So kann er dennoch als der Akteur – der eigentlich gerade beobachtet und beurteilt wird – die Oberhand behalten und selbst ein Beobachtender und Beurteilender werden. Nie will er nur den Clown spielen, der von allen Voyeuren auf den Tribünen gesehen werden kann, die selbst in totaler anonymer Dunkelheit verschwinden. Nie soll ihm eine Wertung, eine Emotion eines Kunden entgehen, nie will er ohne sein Wissen gut oder schlecht ankommen. W. macht sich einen regelrechten Sport daraus, die Kunden zu lesen und besonders den nicht ausgesprochenen Wünschen und Gedanken Aufmerksamkeit zu schenken. Ein Sport, der süchtig machen kann und auf merkwürdige Weise den Charakter sowie alle eigenen – vielleicht nicht dem Vorteil einer Sache dienenden – natürlich sich regenden Gefühle verkümmern lässt. Nichts geschieht mehr ohne Berechnung. Keine eigene Handlung erfolgt ohne kritische Reflexion in Außenansicht.

Noch sechs Meter. W. lässt sich zu einer ersten Einschätzung hinreißen, während er die Herrschaften von hinten sieht.

Beide sind adrett angezogen und geben sich so entspannt, wie man es eben in solch einem Geschäft sein kann. Ein Ehepaar. Und zwar W.s klassisches Schweizer Kunden-Ehepaar. Wieso er das mit neunundneunzigprozentiger Sicherheit weiß, ist ihm selbst nicht ganz klar. Der Kollege hatte nichts dergleichen erwähnt, und der Schweizer könnte genauso gut ein Tourist sein, zumal sein Aussehen ihn nicht sonderlich klar charakterisiert. Es scheint aber, als könne man die eigenen Landsleute auch im Ausland immer aus einer Gruppe Touristen heraus erkennen. Das ist in einem Juweliergeschäft nicht anders. Wenn W. entscheiden müsste, welches besondere Merkmal den Schweizer Kunden verrät, dann wäre es der unspektakuläre, bescheidene, aber stets tadellose Auftritt. Extravagante und exzentrische Züge werden höchstens angedeutet, man geht nie aufs Ganze. Die Kleidung ist meist von teurer Qualität, aber nie prahlerisch, und es wird, wenn möglich, auf allzu große Markenlogos verzichtet. Der Reichtum wird nicht, wie in vielen anderen Kulturen üblich, offen zur Schau gestellt, sondern in etwas gehüllt, was der Schweizer zu lieben scheint. Gediegenheit. In dieser Hinsicht lässt sich eine klare Abgrenzung zum Bahnhofstraßenposer ziehen.

W. beobachtet, wie der Gatte seiner Ehefrau seine Uhr in die Hand drückt und ihr mit einer hastigen Geste bedeutet, sie in ihrer Handtasche verschwinden zu lassen. W. erkennt sofort, dass es sich um eine dieser Sportuhren mit Pulsmesser und Digitalanzeige handelt. Er hat Aktionen dieser Art schon bei Dutzenden Paaren beobachtet. Entweder lassen sie die günstige Uhr noch vor der Tür oder dann im Geschäft verschwinden. Wieso tun das so viele? Erwarten sie etwa, der Verkäufer breche in spöttisches Gelächter aus, sobald er realisiert, dass sein Gegenüber eine günstige Uhr trägt? Nüchtern betrachtet ist jede billige, batteriebetriebene Uhr präziser, wartungsärmer und insgesamt praktischer als die mechanischen Luxusvarianten. Selbst wenn man sich den arrogantesten und realitätsfremdesten Verkäufer vorstellt, der voll und ganz der Überzeugung ist, der Besitz einer Luxusuhr stelle die Voraussetzung dar, ein vollkommener Mensch zu werden – würde dieser Unsympath sich nicht eher freuen, wenn jemand etwas an seiner Misere ändern wollte? Etwa so wie ein Bodybuilder, der auf narzisstische Art den Dicken im Fitnessstudio anfeuert?

Ein weiteres Attribut des klassischen Schweizer Kunden-Ehepaars ist, dass es mit an Sicherheit grenzender Wahrscheinlichkeit einen soliden sechsstelligen Betrag auf der hohen Kante hat und sich trotzdem, oder gerade deswegen, beim Zusammenstellen des – wie kann man es wagen! – fabrikneuen Mittelklassewagens schämt, die Rückfahrkamera oder die Neunzehn-Zoll-Felgen auf der Bestellliste anzukreuzen.

Die nachfolgend aufgelisteten Ängste und Aussagen sind für das klassische Schweizer Kunden-Ehepaar äußerst bezeichnend und sollen der ausführlicheren Beschreibung dienen. Der Großteil dieser Ängste und Fragen wird fast ausschließlich vom Schweizer Ehepaar verspürt respektive geäußert, in seltensten Fällen von einem deutschen oder österreichischen, aber nie von einem russischen, chinesischen, spanischen, holländischen, thailändischen, japanischen, arabischen, italienischen, belgischen, schwedischen, serbischen, kanadischen …

Ängste

- Denken die Verkäufer, ich kann mir etwas leisten, wenn ich in den Laden komme? Bin ich teuer genug angezogen? Werde ich überhaupt bedient?
- Was, wenn die Kreditkarte abgelehnt wird?
- Was, wenn ich einen Bekannten beim Juwelier treffe?
- Ist die Uhr zu protzig? Sollte ich nicht doch lieber ein Stahl- statt des Goldmodells aussuchen?
- Passt die Uhr unter die Manschette? (Lässt sie sich verstecken?)
- Kann ich offen sagen, wenn mir etwas zu teuer ist?
- Kippt die Stimmung, wenn ich nichts kaufe?
- Hat man den Eindruck, ich habe kein Geld, wenn ich nach einer Ermäßigung frage?
- Was sagen die Kollegen im Büro, wenn ich mit einem solchen Ring daherkomme?

Aussagen

- *Wie viele Millimeter beträgt der Durchmesser dieser Uhr?
- Ist es auch ein hundert Prozent Schweizer Uhrwerk?
- *Ist die nicht zu protzig, Schatz? Das ist doch eher eine (man hält sich die Hand vor den Mund) Zuhälteruhr.
- *Passt sie zum Ehering?
- Kann man die auch zum Meeting tragen?
- Hat nicht der Nachbar so eine?

- Jeder Schweizer braucht eine gute Uhr.
- *Eine Uhr ist ja schließlich der einzige Schmuck, den der Mann heute noch tragen kann.
- *Nein Schatz, das bist nicht du.
- Nein, die gefällt mir nicht, das ist mehr was für den Russen.
- Ich schlafe noch einmal drüber, so etwas kauft man ja nicht jeden Tag.
- Das arme Krokodil!
- *Ich suche etwas Sportlich-Elegantes.

* Auftretenshäufigkeit beim Schweizer Kunden-Ehepaar = fünfundneunzig Prozent.

Noch einen Meter bis zur Kundschaft. Der Dienstälteste geht voran, um W. vorzustellen und die Kunden in seine Hände zu übergeben. Sie drehen die Köpfe, als W. in ihr Sichtfeld kommt. Der Herr verzieht säuerlich den Mund, während sein Blick an W. hinunterwandert. Die Dame scheint von diesem adretten jungen Mann entzückt und setzt sich noch gerader auf die Sitzkante als ohnehin schon. Hier gilt es also, den Herrn zu knacken. W. hat sich in seiner Ersteinschätzung nicht getäuscht. Es ist ein klassisches Schweizer Kunden-Ehepaar.

Er: knappe fünfzig, mittlere Statur, leichter, gemütlich anmutender Bauchansatz. Die wenigen, etwas schütter wirkenden grauen Haare feiern ein letztes Aufbäumen als Seitenscheitel, bevor sie in naher Zukunft von der letzten Welle des Haarverlustes besiegt sein werden. Über seinem schmalen Mund thront ein grauer Schnurrbart. Der weiße

Hemdkragen verschwindet unter einem Pullover in Royal Blue und ist von einem braunen, sportlich-eleganten Sakko mit Vertrauenslehrerflicken umhüllt. »Hat bestimmt die Frau ausgesucht«, denkt sich W., weil der Herr eher grobe Arbeiterhände hat und es in seiner Gedankenwelt wahrscheinlich keinen Platz für Tweed-Applikationen an Ellenbögen gibt. Unter der blauen Jeans schauen unauffällige schwarze Lederschuhe hervor, die so unspektakulär und in ihrer Sauberkeit so mittelmäßig sind, dass es einen schon fast stören könnte, daran keine besondere Eigenschaft ablesen zu können. Am Ringfinger trägt er den Klassiker der Eheringe, branchenintern »simple Gelbgoldschiene« genannt.

Sie: Anfang vierzig, trägt Kantonsfrisur, den Schnitt, den die Junggebliebene ab vierzig gern wählt, weil er so »herrlich unkompliziert« im Unterhalt ist: seitlich kurz geschoren, oben etwas länger und hoch frisiert. Rassigere Zeitgenossinnen entscheiden sich auch für den farbigen Akzent, die eine Stelle, die violett oder rot gefärbt ist und sich selbstbewusst-keck vom naturbelassenen Grau abhebt. Die Frisur für die Frau, die sich sträubt, eine Dame zu werden. Zudem trägt diese Sie eine weiße Bluse und wie er blaue Jeans, hier in braune Stiefeletten gesteckt. Am Handgelenk baumeln verschiedene rosé-goldene Armbänder lässig übereinander, und der Ehering wird – American style – zusammen mit dem Verlobungsring am selben Finger getragen. Um den Hals funkelt ein Collitair, ein einzelner Brillant an einem Weißgoldkettchen, 1.8 Karat. »Relativ groß«, denkt sich W., typischer wären 0.3 bis 0.5 Karat. An den Ohrläppchen trägt sie simple Perlohrstecker, vier Millimeter Durchmesser. »Da passt die Größe schon eher«, findet W.

»Schönen guten Tag, was wünschen Sie?«

»Eine Uhr«, sagt er, »für mich!«

»Wunderbar. Haben Sie schon eine Vorstellung? Oder eventuell etwas Schönes im Schaufenster gesehen?«

»Also …«

Der Herr lehnt sich im Stuhl zurück, um seinen Bauchansatz zu heben, was das Hervorholen des Handys erleichtert. Sein Smartphone der vorvorletzten Generation steckt in einer dieser schwarzen Lederhüllen mit Klappdeckel. Dieses praktische und nie total abgegriffene Accessoire ermöglicht außerdem das Verstauen der wichtigsten paar Karten. Dieses Modell bietet sogar Platz genug, um eine dieser dünnen Lesebrillen einzuhängen, die auf den Drehständern in Drogerien oder Tankstellen im Angebot sind. Während er sich – für den Geschmack seiner Frau braucht er viel zu lange dafür – ausrüstet, sieht W. aus der Klapphülle eine schwarze sowie eine goldene Karte hervorblitzen, die goldene, ein klarer Fall, typisch für diese Altersgruppe, W. kennt den Mindestumsatz, der für das mühelose Beantragen solch einer Karte notwendig ist. Bei der schwarzen ist er sich unsicher, es könnte die Platinkarte dieser einen Großbank sein, aber auch die Treuepunkte-Sammelkarte des bekannten Supermarktes. So oder so ist sich W. bewusst, dass die Kartenfarbe nicht allzu aussagekräftig ist, besonders bei Schweizern, die auch gern mal die von der Bank angebotene Gold- oder Platinkarte ablehnen. Er hat schon einen Kunden erlebt, der, nach einem kurzen Telefongespräch mit seiner Bank, auf der Standard-Silberkarte zweihunderttausend Franken buchte. Aber das Sammeln von Informationen und Eindrücken gehörte ja schließlich zu W.s Sport.

»Ich habe da mal etwas im Internet geforscht«, sagt der Herr, während er sich die hauchdünne Lesebrille auf die Nasenspitze setzt, die Augenbrauen hebt und über den Brillenrand einen prüfenden Blick zu W. schickt, der so viel bedeutet wie: »Ich hoffe, du bist so gut vorbereitet wie ich.« Die Bügel der Brille biegen sich deutlich über die eigentliche Breite der Fassung hinaus, um sich an dem großen Kopf festzuhalten.

W. weiß, dass er nun auf dem angeknacksten Touchscreen an die fünfzehn verschiedene Modelle gezeigt bekommen wird, die er sich nie im Leben merken kann. Das realistische Ziel ist es, anhand dieser Vorauswahl einfach mal den gewünschten Stil abzulesen. Außerdem dürfte er von diesem Herrn auf sein gesamtes Fachwissen geprüft werden. So schreibt es seine Erfahrung vor. Jedes Mal, wenn es so anfängt, weiß W., dass man sich monatelang am Abend vor den Rechner gesetzt und in den Internetforen alles Mögliche an Fachausdrücken technischer Natur angelesen hat. Nicht selten bekommt man auch einen Spruch in der Art von »Ich habe herausgefunden, dass die unzuverlässig und von schlechterer Qualität sind« zu hören. Die Meinung eines einzigen enttäuschten Kunden, der im Uhrenforum nörgelte, reicht aus, um eine Marke mit hundertfünfzigjähriger Firmengeschichte als unseriös zu deklarieren. Es scheint, als seien alle Schweizer Kunden der Überzeugung, sie müssten sich allein aufgrund ihrer Herkunft gut mit Uhren und deren Technik auskennen. Denn kaum eine andere Nationalität würde sich während eines einstündigen Beratungsgesprächs nicht zu fragen trauen, worin sich denn Mechanik- und Quarzuhrwerk unterschieden oder wofür diese kleinen Ührchen auf dem Zifferblatt eigentlich da seien. Außer vielleicht Japaner mit ihrer ähnlichen Angst vor Gesichtsverlust. Die große Sympathie der Schweizer für Japan ist bekannt, wobei der Sinn für Ordnung nicht der einzige Grund ist. Als wäre man sonst ein Schweizer zweiter Klasse, muss insbesondere der männliche Kunde mit dem Uhrenverkäufer fachsimpeln. Interessanterweise ist es zum Beispiel beim Fabrikbesuch einer Chocolaterie eher unwahrscheinlich, dass jemand aus der Gruppe zu fachsimpeln beginnen würde, nur die allerwenigsten würden sich ereifern, dem Chocolatier mitzuteilen, dass sie den Unterschied zwischen Kuvertüre und Ganache kennen, obwohl es ja aus Schweizer Sicht nur konsequent wäre, auch in diesem Bereich, in den man ebenso wenig involviert ist wie in die Uhrenbranche, einen herkunftsbedingten Komplex zu haben. Uhren scheinen einen besonders sensiblen Punkt zu treffen.

W. lässt sich die rasante Lichtbildshow im Kleinformat präsentieren.

»Die, die, die, die auch, aber nur in vierundvierzig Millimeter, die, die, aber wenn es geht ohne rosé-goldene Lünette, die, die, wenn sie noch verfügbar ist, die, aber die ist wahrscheinlich eh zu groß, die und die. Gibt es die auch größer? Sechsunddreißig Millimeter ist eher Damengröße, denken Sie nicht? Sie war aber auf der Internetseite bei den Herrenmodellen abgebildet.«

Nein, war sie nicht. W. würde sein Leben darauf verwetten. Der Herr ist bestimmt einer dieser ungeduldigen Computernutzer, die, wenn sich der Internetexplorer nicht sofort öffnet, zwanzigmal auf das Symbol klicken, um dann genervt alle zwanzig Fenster einzeln wieder zu schließen. Aber darauf kann W. jetzt keine weiteren Gedanken verschwenden, denn er sieht bereits den Safe vor seinem geistigen Auge, er öffnet die Schubladen und legt die passenden Modelle zurecht.

»Also, ich sehe, Sie suchen etwas Sportlich-Elegantes?«, fasst W. zusammen. »Etwas für jeden Tag?«

»Genau«, antwortet er, sein Handy-Brillen-Konstrukt wieder zusammenklappend.

»Ich stelle Ihnen sehr gern etwas zusammen. Darf ich Ihnen etwas zu trinken anbieten? Kaffee, Tee, Wasser, Coca-Cola? Oder vielleicht ein Cüpli?«

»Cüpli«, die bewusste Verniedlichung des teuren Champagners, signalisiert volkstümlich: »Ja, ich war auch schon auf einem Campingplatz, wer würde es glauben, bin ich doch seit eh und je von Luxus umgeben.«

W. entnimmt der Zweieinhalb-Sekunden-Stille und dem kurzen Blickaustausch den ehelichen Wunsch nach einem Gläschen Champagner. Er weiß aber, dass man zu bescheiden ist und sich eigentlich etwas ziert, sich mit einem Glas Champagner in der Hand zu exponieren. Man sitzt ja schon beim Juwelier, an und für sich eine Extremerfahrung. W. hat das Paar zwar nicht reinkommen sehen, vermutet aber in ihnen das sympathische und etwas unbedarft wirkende Penchant, dem Sicherheitsmann höflichst für das Öffnen der Tür zu danken.

W. lässt den Blick kurz über die Kundschaft und durch den Laden gleiten, wie ein Kind, das, bevor es Mist baut, schaut, ob die Luft rein ist. »Ich lasse Ihnen zwei Cüpli bringen«, greift er einer Antwort der beiden vor und schmunzelt ihnen verschmitzt zu. Er lässt sich sogar zu einem angedeuteten Halbzwinkern hinreißen. Man lacht und freut sich, dass man verstanden wird. Das Eis schmilzt. Die Charmeoffensive ist geglückt.

»Ich bin gleich wieder bei Ihnen.«

Selbstbewusst gleitet W. über die Bühne in Richtung Safe. Er weiß bereits genau, welche Art Uhren er zeigen wird. Wie ein energischer Parfümeur öffnet er rasch Dutzende von Schubladen, um die verschiedenen Zutaten, in diesem Fall die Uhren, herauszunehmen, energisch miteinander zu vergleichen und flink auf dem Bedientableau zu drapieren. Er hört hinter sich, wie die chinesische Verkäuferin, die heute schon über hundertsiebzigtausend gemacht hat, Teewasser aufsetzt. Die kommt genau richtig.

»Zwei Glas Champagner an den linken Tisch bitte, und nicht vergessen: zum Wohl sagen!«, befiehlt W., einen beschäftigten Blick über die Schulter werfend. Jetzt ist sie mal dran. Jetzt wird sie Zeuge der wahren Bedienkunst, des eigentlichen Handwerks, in dessen Umfeld sie nur ein Gastspiel gehabt hat, und das nichts zu tun hat mit ihrem einfachen Herausgeben der Ware an eine Kundschaft, die ohnehin keine Ansprüche an Service stellt.

Die angebrochene Flasche reicht höchstens für ein halbes Glas. Entweder haben die Bahnhofstraßenposer mehr getrunken, als W. in Erinnerung hat, oder die Ladys vom Headoffice haben wieder einmal auf das Leben angestoßen. Eine weitere Flasche wird geköpft.

Obwohl der erste Eindruck unter dem Strich positiv verlaufen ist, weiß W., dass er sich noch ordentlich zu beweisen hat, bis das Schweizer Kunden-Ehepaar vom Produkt und letztlich auch von ihm überzeugt ist. Wenn man vom Dienstältesten Kunden bekommt, hat man immer einen schwierigen Stand. Denn dieser strahlt eine solch gediegene Ruhe aus, dass sich die Kunden, die beim Betreten eines Juweliers meistens etwas aufgeregt sind, ab der ersten Sekunde wohlfühlen und all seinen Empfehlungen blind vertrauen. Bei solchen Beträgen würden die allermeisten Kunden das erfahrene Faktotum dem wirbelnden Jungspund vorziehen. W. würde es persönlich auch so machen. Er veranschaulicht sich den Verkaufsprozess gern anhand eines Geigerzählers respektive dessen nervöser Nadel. Jedes Mal, wenn sich etwas Positives ereignet – ein Lachen, ein gut hervorgebrachtes Argument, spontane freudige Bemerkungen der Kundschaft oder das Staunen, dass das Armband auf Anhieb perfekt an das Handgelenk passt –, stellt sich W. vor, dass die Nadel auf der Glücksskala einen weiteren Tick ansteigt, bis sie am Ende vor lauter Wonne wild ausschlägt, über die Skalierung hinauszuckt und das Sichtfenster zerspringen lässt. Dieser Moment gab dann den Ausschlag: »Ich kauf sie.« Für W. ist jeder Kaufentscheid die Summe vieler kleiner Glücksmomente, die durch Schmeicheleien, Witze, Argumente und Bestätigungen entstehen. Jeder negative Kommentar oder Eindruck muss durch zwei positive ausgeglichen werden, um das Freudekonto langsam, aber stetig zu füllen. Diese Denkweise prägt auch zunehmend W.s Verhalten im Privatleben. Zwar wirkt er auf sein Umfeld reif und sozial äußerst geschickt, in Wirklichkeit aber ist er zu einem zombieartigen Narzissten verkommen, dessen Emotionen und Gedanken nicht mehr seine eigenen, sondern durch das konstante Abtasten der zwischenmenschlichen Grenzen des Angenehmen nur noch fremdgesteuert sind.

Die erste Auswahl ist getroffen. Die Uhren liegen fein-säuberlich auf dem Bedientableau. W. geht noch einmal die wichtigsten Fakten wie Gehäusedurchmesser, Gangre-serve, Bandmaterial, Funktionen, Aufzugsmethode, Glas-material, Gehäusematerial sowie die weiteren verfügbaren Versionen eines jeden Modells durch. Was gibt es bei jeder Uhr speziell hervorzuheben? Liegt die Uhr mit der größten Chance, das wonnige »Das ist sie!« hervorzurufen, auch schön in der Mitte? Es ist alles bereit.

W. schaut kurz auf die Kamera. Das Schweizer Kunden-Ehepaar bekommt gerade das Cüpli serviert. Nun noch kurz warten, bis daran genippt wird, dann begibt er sich wieder zu ihnen. Es wird genippt und genickt.

Fünf Meter vor dem Erreichen der Kundschaft bemerkt W., dass er ausgerechnet das eine Modell, das ihm in der Handy-Lichtbildshow gezeigt wurde, komplett ausgeblen-det hat. Diese Uhr bringt eine kleine Schwierigkeit mit sich: Ihr Preis liegt nicht, wie die anderen Modelle, die der Kunde sehen möchte, im oberen vierstelligen Bereich, sondern beträgt knapp zweihunderttausend Franken. Es kommt häufiger vor, dass ein Kunde unabsichtlich Uhren in weit auseinanderliegenden Preisklassen verlangt. Auf den Websites ist so gut wie nie ein Preis angezeigt, und den teureren Modellen ist es oft nicht anzusehen, dass sie preis-lich aus der Reihe tanzen. In diesem Fall ist es ein kleiner Hebelmechanismus auf der linken Seite des Gehäuses, an dem das geübte Auge erkennt, dass es sich nicht um eine simple *Time-only*-Uhr, sondern um eine Minutenrepetition handelt. Beim Hochschieben dieses feinen Rückermechanismus wird die Position der Zeiger, also die aktuelle Zeit, mechanisch abgetastet und danach, wie bei einer Kirchturmuhr, akustisch wiedergegeben. Kleine polierte Hämmerchen in der Uhr schlagen dann auf handgebogene Tonfedern je einmal für jede volle Stunde, einmal hoch und tief direkt nacheinander für jede vollendete Viertelstunde und zuletzt noch in kurzen Abständen in Einzelschlägen für die Minuten. Wenn man eine so besondere Uhr zeigt, riskiert man immer, dass die günstigeren Modelle uninteressant werden, und man gleichzeitig die Kundschaft, indem man sie mit ihren nicht ausreichenden finanziellen Möglichkeiten konfrontiert, vor den, meist männlichen, Kopf stößt. Auch wenn hie und da der seltene, dankbare Fall auftritt, dass der Kunde, ohne Scham und emotionale Folgeschäden zu beichten, in der Lage ist, er könne sich dieses Modell nicht leisten, so bleibt dem stolzen Ellenbogentypus dennoch die langsam einsetzende Realisierung, dass er mit einer Zehntausend-Franken-Uhr noch nicht zu den unangefochtenen Gewinnern gehört. In jedem Fall schwächt das Präsentieren eines solchen Meisterwerkes die bis zu dem Zeitpunkt favorisierte Uhr, die sich im Auswahlverfahren, unter viel Aufwand und Fingerspitzengefühl, herauskristallisiert hat.

»Ich tu so, als wäre nichts«, sagt sich W., »und lass ihn nochmals danach fragen, wenn er sie unbedingt sehen will. Vielleicht vergisst er sie ja auch.« Wie er das mit dem Preis dann kommuniziert, würde er situativ entscheiden.

13:30 Uhr. Das Gespräch nimmt den gewohnten Lauf. Keine Frage, keine Bemerkung hat W. überraschen oder auch nur kurz in Bedrängnis bringen können. Alles hat er schon Dutzende, ja bald Hunderte Male gehört und darauf reagiert. Es ist praktisch im Autopilot nach Hause zu bringen. Kopf aus, Mundwinkel hoch und den längst abgestorbenen, nur noch mit Ach und Krach aufrechtzuerhaltenden jugendlichen Lebensgeist vor sich herschieben, um zu verbergen, dass man schon längst zu einem abgebrühten und durchkalkulierten Verkäuferekel mutiert ist. W. besteht alle kleineren und größeren Prüfungen des Ehemannes mit Bravour und tut so, als würde er nicht merken, dass er permanent getestet wird. So als käme seine freundliche Art aus seinem Innersten. Nach und nach wird die Auswahl immer enger, bis nur noch zwei Uhren auf dem Tisch liegen. W. ist bis zu diesem Zeitpunkt sechsmal zwischen Bedientisch und Safe hin- und hergeeilt, um immer wieder eine neue Auswahl zu bringen. Nach der viel teureren Uhr ist zum Glück nicht mehr gefragt worden. Der Geigerzähler nähert sich der Wonnegrenze. Die zuckende Nadel ist kurz davor, auszubrechen.

14:49 Uhr. »Also gut! Schatz, da schlafen wir drüber, was meinst du?«, sagt der Herr, sich etwas selbstgefällig in den Sessel zurückwerfend. »Ich hör wohl nicht recht«, denkt W. Es trifft ihn wie ein Hammer. Hat er etwas falsch gemacht? Ist er etwa nur freundlich und zu wenig bestimmt aufgetreten? Es ist durchaus möglich, vor lauter Harmoniebedürfnis die Richtung, den Biss zu verlieren und sich in bester Laune zu verplappern sowie jegliches von selbst aufkeimendes Verbindlichkeitsgefühl, das sich normalerweise mit steigendem Zeitaufwand ergibt, zu eliminieren. Irgendetwas muss sich seiner Kontrolle entzogen haben.

Ein heißes Kribbeln durchfährt seinen ganzen Körper, das sich in etwa so anfühlt, als stürze man im Traum eine Klippe hinunter. Jetzt sich nur nichts anmerken lassen, die Mimik darf die innere Apokalypse auf keinen Fall verraten. In dieser hohen Preislage ist die Schweizer Kundschaft auch nur auf einen Hauch von Verkäuferpenetranz äußerst sensibel und springt, sobald eine solche gewittert wird, vom Verkaufstisch auf wie die Gazelle vom Wasserloch.

Wenn die Kundschaft nochmals darüber schlafen muss, kann man den Verkauf praktisch ausschließen. Nur die allerwenigsten kommen ausgeschlafen wieder und kaufen dann wirklich. Nie würde ein Verkäufer Aussagen vom Typus »Ich bin noch nicht ganz überzeugt«, »Ich schwanke noch zwischen einer neuen Uhr und einem neuen Motorrad« oder »Ich vergleiche noch mit dieser einen Uhrenmarke, die Sie nicht im Sortiment führen« von Herzen übelnehmen. Nein, es wäre eine ehrliche, menschliche Art, auseinanderzugehen. Das aus Kundensicht nachvollziehbare Problem mit solchen Aussagen ist jedoch die Angst, dass sie den Verkäufer in seinem Ehrgeiz provozieren und sich schnell besagte Wasserlochdynamik ergeben könnte. In den meisten Fällen verabschiedet man sich lieber mit der Notbremse des Darüber-Schlafens und des beiderseitigen Bewusstseins, miteinander nicht ganz ehrlich gewesen zu sein.

Eine kurze Pause entsteht.

»Könnten Sie mir bitte die Referenznummern der beiden Modelle aufschreiben?«, fragt die Dame.

»Sehr gern, ich notiere sie auf meiner Visitenkarte.«

»Ja, wunderbar, wir kommen dann auf jeden Fall gern wieder zu Ihnen!«

W. versucht fieberhaft, eine Visitenkarte aus seinem brandneuen Visitenkartenetui zu ziehen. Es ist noch so neu, dass die Karten viel zu straff darin stecken.

»Ist die Uhr für einen besonderen Anlass?«, fragt W., um den letzten Satz der Kundschaft aufzunehmen und von seinem verkrampften Herumfingern am Kartenetui abzulenken.

»Ja, ich schenke sie meinem Mann auf den Jahrestag unseres Kennenlernens«, sagt die Dame in freudiger Erregung und tätschelt dabei ihrem Mann mit den Fingerspitzen schnell auf den Oberschenkel.

W. nickt freundlich zustimmend und lässt seinen Blick auf ihr haften, um sie zum Weiterreden zu bewegen.

»Nächsten August ist es so weit. Mein armer Schatz muss sich noch ein knappes Jahr gedulden. Stimmt's, Schatz?!«

Mit einem Ruck reißt W. alle Visitenkarten aus dem Etui. Am liebsten würde er brüllend den Tisch umstoßen.

Wie kann man einen Verkäufer so lange hinhalten, um am Ende eiskalt darüber zu schlafen? Kann es ihnen nicht wenigstens ein bisschen unangenehm sein? Denken die etwa, ein Juwelier an der Bahnhofstraße lebe nur von guter Laune und schönen Begegnungen? Haben sie W. veräppelt? Ihn absichtlich hingehalten? Nein, das kann nicht sein, ihre Anfrage war zu konkret und der Ehemann ist zu gut informiert. Dennoch bringt die stinkfrech zur Schau gestellte Unverbindlichkeit, die diese Herrschaften an den Tag legen, W.s Blut zum Kochen. Am liebsten würde er eine Hasstirade auf dieses Ehepaar, diese Schweizer, loslassen. Von ihrer Frisur bis zu seiner unglaublich vorhersehbaren Wahl der totalen Langweileruhr würde er alles sorgfältig abhandeln.

»Ah, das ist aber ein schönes Geschenk für einen besonderen Anlass!«, bemerkt er, während er die Referenznummern der beiden Uhren notiert. Ein paar Visitenkarten liegen über den Tisch verstreut. Zwei sind beim Herausreißen
irgendwie zwischen den Füßen der Kundschaft gelandet.
W. macht keine Anstalten, sein Versehen auch nur anzuerkennen. Mit kindlicher Freude lässt er die beiden in seiner
Unordnung leiden. Er drückt die Kugelschreibermine beinahe durch das dicke Papier des schneeweißen Kärtchens.

Der »nächste August« ist in zehn Monaten. W.s neuer
Zeitrekord im Vorsondieren. Firmenweit gibt es einen halb
lustig, halb tragisch gemeinten Wettkampf, der sich nur
darum dreht, bei wessen Kunden der Tag des Kaufanlasses
noch am fernsten liegt. Der Filialenrekord liegt bei vier Jahren, zwei Monaten. Die Gesamtführung belegt, wenngleich
dieser Fall wegen seiner besonderen Schwere nur noch in-
offiziell am Wettkampf teilnimmt, seit Jahren die Filiale
im tessinischen Ascona. Dort wurde über drei Stunden
lang, in mühsamer zwischenmenschlicher Kleinstarbeit
und ohne dass es die Verkäuferin hätte ahnen können,
eine kleine Auswahl Perlenketten vorsondiert, von denen
sich das Töchterlein dereinst zum Abitur eine aussuchen
dürfe, während dem künftigen Familienstolz, nebenan im
Kinderwagen liegend, der Sabber übers Kinn rann.

»Voilà, hier ist meine Karte mit den genauen Referenzen. Ich stehe Ihnen gern zur Verfügung und würde mich
über ein baldiges Wiedersehen freuen.« W. hält die Visitenkarte der Dame hin, da sie ja die Schenkerin der Uhr sein
wird. Der Mann greift aber dazwischen und steckt sie in
die Innentasche seines sportlich-eleganten Perlhuhnjäger-

Sakkos. Zusammengelegte Konten rauben dem Leben aber auch wirklich die letzte Spannung.

»Ja, eben, es geht noch einen Moment bis zum besagten Anlass«, sagt der Herr, sich immer noch in seiner Unverbindlichkeit suhlend, während man gemeinsam Richtung Ausgang schlendert. Wieso W. ein baldiges Wiedersehen angesprochen hat, wo er doch genau weiß, dass es nicht dazu kommen wird, ist ihm nicht wirklich klar. Er ist wohl so aus dem Gleichgewicht geraten, dass er sich einfach der erstbesten Verabschiedungsfloskel aus seinem Repertoire bedient hat.

Man verabschiedet sich freundlich, indem man sich die Hand gibt. Der Sicherheitsmann öffnet die Tür und nickt dem Paar wohlwollend zu. »Schönes Wochenende!«, schickt W. den die Türschwelle überquerenden Kunden nach. »Danke, gleichfalls!«, gibt die Dame zurück.

Bedeutungsloser Wörtermist. W. bleibt am Eingang stehen, bis das Paar außer Sichtweite ist. Das hat er sich von japanischen Hotelangestellten abgeschaut, die so lange in der Einfahrt stehen und winken, bis das Auto mit den Gästen um die Ecke gebogen ist.

Der Sicherheitsmann sieht ihn mitleidig an. »Kopf hoch, es ist erst drei Uhr.« Bei diesen aufbauenden Worten wird W. klar, dass er gerade zwei Stunden verschwendet hat, während alle um ihn herum einen Kunden nach dem andern bedient und ziemlich gute Verkäufe abgeschlossen haben. Sogar die Auszubildende im ersten Lehrjahr hat eine Perlenkette für fünfzehntausend Franken verkauft. Diese Preislage hätte sie eigentlich noch gar nicht bedienen dürfen, aber alle anderen Verkäufer waren besetzt, als das leicht angeheiterte deutsche Ehepaar das Geschäft betrat. Der Lehrmeister ist außer sich vor Stolz und hält unbescheiden eine scherzhafte Rede darüber, wie all seine Lehrlinge zu echten Verkaufsgenies gediehen.

Was würde W. geben, dieses Ehepaar bedient haben zu können. Er liebt deutsche Kundschaft, und nicht nur, weil man bei ihr, im Vergleich zu den schüchternen Schweizern, stets weiß, woran man ist. Nein, es liegt auch an seiner Begeisterung für die eleganten Einkaufspassagen der größeren Städte Deutschlands, die Münchner Kaufingerstraße, die Düsseldorfer Königsallee oder den Berliner Kurfürstendamm. W. freut sich stets, wenn er Kunden nach diesen Orten ausfragen kann. Natürlich ist er sich des Status seiner Bahnhofstraße bewusst, aber man gewöhnt sich mit der Zeit an alles.

Die Lehrtochter nippt wie ein Spatz an ihrem zu einem Drittel aufgefüllten Champagnerglas und lässt die Lobeshymnen über sich ergehen. W. verkriecht sich währenddessen in den Safe und legt alle Uhren in die schweren Schubladen zurück. So viel Pech an einem Tag ist wirklich selten. Es gibt sie nämlich durchaus auch, die Kundschaft, die ganz normal hereinkommt und, wenn alles passt, kurze Zeit später den Kaufentscheid fällt. Wie in einem Schuhladen. Nur einfach viel teurer.

Wie ein Kuhfänger für mühsame Kundschaft scheint W. heute alle negativen Klischees von der restlichen Belegschaft ferngehalten zu haben. Er ist nicht mehr wirklich optimistisch, den Tag noch zum Guten wenden zu können. Auch dieses Erlebnis mit dem Ehepaar hat ihn viel Kraft gekostet. Wie schaffen das die anderen bloß ein Leben lang?

Wie gelingt es ihnen, stets eine gute Miene aufzusetzen, während die Kundschaft alle Nerven beansprucht? Beinahe jeden Tag stellt er sich diese Frage. Dass er nicht der Einzige ist, der die Kunden von ganzem Herzen hassen kann, weiß er. Nicht selten wird im Hinterzimmer irgendetwas herumgeworfen oder kaputtgetreten. Irgendwo muss man den Druck ja abbauen. Wer die Möglichkeit hätte, sich als stiller Beobachter hinter die Kulissen schleusen zu lassen, würde ein paar sehr skurrile Schauspiele geboten bekommen.

Zum Beispiel die filigrane Verkäuferin im dunklen Zweiteiler und streng zu einem Dutt gebundenen Haaren, die mit ihren kleinen Fäusten mit aller Kraft den Umkarton der Kaffeekapseln verprügelt und dabei flucht, als gäbe es kein Morgen mehr, weil ihr großkotziger Kunde seine sexistischen Kommentare nicht zügeln kann. Oder der Hausmeister, der wutentbrannt hereinstampft und erst mal zur Beruhigung ein Importbier stürzen muss, weil er eine Stunde lang versucht hat, die von den Kindern der indischen Großfamilie mit Kugelschreiber vollgekritzelten Ledersessel zu reinigen – ohne Erfolg. Auch unter den Kolleginnen und Kollegen kann es durchaus zu hitzigen Auseinandersetzungen kommen. Wie das eine Mal, als während der Hasstirade eines langjährigen Verkäufers ein gutes Dutzend Perlencolliers durch den Safe flogen, weil man mit der Sortimentsgestaltung der Einkäuferin unzufrieden war. Er wirkte dabei wie ein cholerischer Maler, dem der herumgescheuchte Gehilfe das falsche Weiß eingekauft hatte. Weil es nun mal still wirkende Tatsache ist, dass in einem Juwelier die Hauptleistung, das unprätentiöse Argument des physisch Erschaffenen, in keinster Weise vom Verkäufer, sondern von den in überlegener Abwesenheit glänzenden Uhrmachern und Goldschmieden hervorgebracht wird, neigt der verhältnismäßig talentlose Uhrenverkäufer zum Versuch, sein eigenes von Natur aus unsichtbare Können mithilfe einer gewissen Exzentrik, einer angedichteten Schwere, zu greifbarer Wichtigkeit zu erheben.

Man weiß sich aber auch gegenseitig aufzubauen, manchmal wie bei einem Boxkampf. Jedes Mal, wenn der nervlich äußerst beanspruchte Verkäufer zurück in den Safe kommt, motivieren ihn seine Kollegen zum Durchhalten und schicken ihren kämpferischen Schützling zurück in den Ring.

Trotzdem bleibt für W. die Frage, wie es die andern so lange in diesem Beruf ausgehalten haben. Doch einmal mehr ist für solche Reflexionen keine Zeit, denn bestimmt kommt gleich die nächste Kundschaft. Der Laden ist gut gefüllt, und wie die Erfahrung zeigt, ziehen Leute immer noch mehr Leute an. Das Geschäft kann unter der Woche mehrere Stunden lang komplett leer sein. Sobald dann die ersten Kunden eingetreten und empfohlenermaßen beim Fenster platziert worden sind, kommen bereits die nächsten, bis man letztlich überrannt wird. Wie bei allen Dingen der Zivilcourage braucht es zuerst jemanden, der den ersten Schritt macht. Wie hoch ist wohl die Zahl der Leute, die sich zwar für eine schöne Uhr oder Kette interessieren, aber ihr ganzes Leben nie etwas Derartiges kaufen, weil sie Angst haben, ein luxuriöses Geschäft zu betreten? Es dürften sehr viele sein.

15:30 Uhr. W. und der Sicherheitsmann unterhalten sich über Oberflächliches, während sie auf die belebte Bahnhofstraße hinausblicken. Jede Sekunde rauschen Dutzende von Menschen am Geschäft vorbei. Eine besorgniserregend dünne Mutter, die ihre Lebensmitteleinkäufe und quengelnden Kinder quer über die Straße Richtung Parkhaus müht; Luxusladys im Nerz und mit frisch gelähmten Stirnen; alternative Kleindarsteller mit Springerstiefeln und Nasenringen; zwei alte Eheleute, die aussehen, als wohnten sie seit vierzig Jahren an der Langstraße – seit der Zeit, als diese noch nicht den anrüchigen Ruf von heute hatte – und führten ihre dicken türkisen Steppjacken nun schon den fünfzehnten Herbst aus; ein junges, alternativ angehauchtes Studentenpärchen, sie eine Flasche Weißwein unter dem Arm, er die Hornbrille im Haar und den Jutebeutel in der Hand, wahrscheinlich auf irgendeine Dachterrasse zusteuernd; ein junger Mann mit müden Augen und Ohrläppchen-Tunnels, der scheinbar ziellos herumschlendert; der Private-Equity-Manager, der noch vor zwei Wochen direkt vor W.s Augen in einer Bar von zwei Mitarbeitern der Kriminalpolizei diskret abgeführt wurde und wieder auf freiem Fuß zu sein scheint; eine Gruppe Chinesen, die einem Regenschirm folgen und die Passanten ins Gesicht filmen; zwei etwa fünfzehnjährige, Luxushandtaschen schwingende Girls in Yogahosen und Tausend-Franken-Daunenwesten, die in ihre Tausend-Franken-Handys starren. Schön, wenn die Jugend Sport treibt.

Dies sind die Eindrücke eines einzelnen Moments, die sich im Bilderrahmen, den die Eingangstür darstellt, ergeben. W. widert es an. Wissen die eigentlich, wie viel Leid es auf der Welt gibt? Wie viele verhungernde Kinder, wie viel Krieg, Armut, Fehlbildungen, Folter, Krankheit? Müsste man da nicht ein permanent schlechtes Gewissen haben, wenn man mit all diesem Leid nichts zu tun haben muss? Ja, man müsste ein permanent schlechtes Gewissen haben, aber dann kann man sich ja gleich im Schrank aufhängen, gibt sich W. zur Antwort. Er realisiert, dass er die gedachten Worte ungewollt vor sich hingemurmelt hat, als er vom Sicherheitsmann einen verwundert prüfenden Blick erhält. W. ignoriert ihn, denn er hadert mit seiner Antwort. Er weiß, dass seine Einstellung oberflächlich ist, ihn nicht befriedigt, nicht mehr seinem eigentlichen Wesen entspricht.

Nun ist W. auch von sich angewidert. Arbeitet er doch in einem Tempel der Oberflächlichkeit und verkauft Produkte, die absolut niemand braucht. Und all diese getriebenen Giftköchinnen und -köche, die ernsthaft glauben, auf diese Produkte angewiesen zu sein, sind für einen emotional instabilen jungen Mann, der bloß reif wirkt, ein miserables Umfeld. Er ist keinen Deut besser als die, über die er sich billig echauffiert. Wie ein Fleischwarenverkäufer, der eigentlich lieber Veganer wäre und insgeheim seine Kundschaft hinter einem Lächeln verachtet. Auch W., der sich selbst längst aus den Augen verloren hat und jeden Tag frisch gekämmt gegen seine tiefsten Prinzipien handelt, ist inzwischen vergiftet. Noch sieht der Beobachter keine Veranlassung, diesen Fall als tragisch zu beurteilen. Tragisch wird es für W., wenn er diesen Zustand der – in Wahrheit selbst verschuldeten – Intoxikation mehr als ein Jahrzehnt in qualvolle Länge gezogen haben wird und das nur, weil er den klebrigen Verführungen der unverhältnismäßig hohen Salärzahlungen und der lächerlichen Fantasietitel auf schneeweißen Visitenkarten verfallen ist.

»Die Bahnhofstraße ist schon ein witziger Querschnitt

unserer Gesellschaft, finden Sie nicht?«, fragt W. den Sicherheitsmann, der nur kurz die Schultern hebt und hörbar ausatmet. Er steht schon über fünfzehn Jahre an dieser Tür. Er interessiert sich nicht für W.s Querschnitt, sondern nur für seinen sehr langsam herannahenden Feierabend. Die Abstände, in denen er auf seiner Uhr checkt, wie lange es noch dauert, bis es 17:30 Uhr ist und er sich endlich seiner Anklippkrawatte entledigen kann, werden immer kürzer. Er gehört dennoch zu den wenigen Privilegierten, die in W.s Geschäft zum Dienst eingeteilt werden. Denn hier darf er sich – wie ein richtiger Mensch – mit den Verkäufern unterhalten. In anderen Geschäften ist es den Security-Männern streng untersagt, mit dem Personal zu verkehren, und es bleibt ihnen nichts anderes übrig, als mit dumpfem, leerem Blick aus dem Fenster zu starren. Neun Stunden lang. Jeden Tag. Mit einer halben Stunde Mittagspause. Immer im Stehen.

15:35 Uhr. Ein kleiner, dicker Mann mit abgegriffener Kunstlederjacke und roten Äderchen auf der Nase tritt ein und hält W. eine Uhr hin.

»Können Sie die Batterie wechseln?«, grunzt der Mann laut in den Laden. Er klingt wie ein Neandertaler. W. spürt, ohne sich umzublicken, wie sich die Köpfe der Kunden nach ihm umdrehen. Mit an Sicherheit grenzender Wahrscheinlichkeit dürfte sich auch zu diesem Zeitpunkt ein Aufregerpärchen im Laden aufhalten, dem W. keinen Zündstoff gönnen will. Der Sicherheitsmann versteht und hält die Tür weiterhin geöffnet, statt sie hinter dem Kunden zu schließen. So befindet sich der Mann nicht wirklich im Geschäft, sondern lediglich unter dem Dach.

W. realisiert, dass es sich bei der Uhr um eine klassische Thailandstrand-Fälschung handelt. Selbst wenn man sich darauf einließe und sie dem Uhrmacher brächte, würde der Batteriewechsel teurer werden als die Uhr an sich. Diskussionen wären vorprogrammiert.

»Leider nicht, es handelt sich hierbei um eine Fälschung. Die echte Variante dieser Uhr braucht auch keine Batterie.«

»Woran haben Sie das so schnell erkannt?«

»An allem«, gibt sich W. knapp und mit gelangweiltem Blick. Er hat die Uhr nicht mal in die Hand genommen.

Der Herr geht. Bei Fälschungen spielt W. gern den arroganten Luxusverkäufer, mit Betonung auf »spielt«. Er spielt es, weil es sich so gehört. Es soll Berufsstolz oder mindestens eine Wertschätzung der handwerklichen Leistung der Uhrmacher ausdrücken. Wie immer hat alles eine Funktion für W. Persönlich könnte es ihm nicht gleichgültiger sein, was die Leute an den Handgelenken tragen. Ob Fälschung oder nicht, ob teuer oder günstig, ob Uhr oder nicht Uhr, ist doch letztlich egal. Keine Voraussetzung für gar nichts. Der Berufskrankheit, jeder und jedem aufs Handgelenk zu schauen, gibt sich W. mehr aus Verpflichtung als aus echtem Interesse hin. Leute haben eine kindische Begeisterung für Berufskrankheiten.

Der, dem die Welt etwas schuldet

Kaum ist der Urmensch fort, die Tür ist noch nicht wieder zu, tritt ein Herr ein. Ein auf die vierzig zugehender Unternehmertyp. Sportlich. Das braune Haar mit vereinzelten feinen Silberakzenten an den Schläfen, alles säuberlich nach hinten gekämmt, sieht aus wie frisch vom Friseur. Er trägt ein weißes Hemd und ein dunkelgrünes Lodensakko, wahrscheinlich maßgeschneidert, die Schultern sitzen perfekt. An der linken Hand glänzt ein gelbgoldener Siegelring. Unter den braunen, perfekt passenden Kordhosen schauen polierte, burgundyfarbene Schuhe aus Alligatorleder hervor. Armes Krokodil. Er gehört zu den Typen, die sonntagmorgens mit ihren blitzsauberen Kohlefaser-E-Bikes und Dreihundert-Franken-Windstoppern im Zug herumstehen und, in Vorwegnahme ihrer zu erwartenden Spitzenleistungen bereits angestrengt wirkend, den anderen Fahrgästen das Ein- und Aussteigen erschweren. Zu den Typen, die in irgendeiner Beratungsfirma arbeiten und sich während den gemeinsamen Brainstormings vor lauter Wonne über das geldgeile Sich-einig-sein auf ihren Designerbürostühlen die Schöße warmschaukeln.

Durch seine rahmenlose Brille schickt er W. einen kritischen Blick voraus.

»Herzlich willkommen, was kann ich fü …«

»Diese blöde Uhr läuft nicht mehr«, fällt er W. ins Wort. »Ich hab sie vor zwei Jahren gekauft, und sie ist schon stehen geblieben. Die macht mir nur Trouble! Da, sehen Sie!« Der Herr scheint es eilig zu haben. Seiner äußeren Erscheinung nach hat W. nicht vermutet, dass er sich wie ein pubertierender Fünfzehnjähriger ausdrücken würde.

»Das ist natürlich nicht gut!«, sagt W. »Das schauen wir uns direkt mit dem Uhrmacher an. Er ist im dritten Stockwerk, folgen Sie mir bitte.« Er deutet einladend in Richtung Aufzug.

»Muss das sein? Schauen Sie es sich einfach an. Ich komm sie dann später abholen.«

»Ich würde Ihnen empfehlen, sich das kurz mit dem Uhrmacher anzuschauen. Er kann Ihnen eventuell gleich sagen, was der Uhr fehlt, und einschätzen, wie lange er benötigt, um den Fehler zu beheben. Es dauert nur ein paar Minuten.«

»Wenn's sein muss«, seufzt der edle Herr, während er W. kindisch nachtrottet. »I can't believe it!«

W. kann immer noch nicht glauben, wie wenig hier das perfekte Äußere zum Verhalten passt. Man könnte meinen, seine Mutter hätte ihm morgens die Sachen rausgelegt, damit er, der vielversprechende Sohnemann im dreiundzwanzigsten Semester, nicht im Schlafanzug unter die Leute gehen und Schande über das Familienimperium bringen könnte.

Im Aufzug herrscht eine unangenehme Anspannung. Der Herr, mit verschränkten Armen und näher an W. stehend, als es die sonst schon kleine Aufzugskabine vorgeben würde, atmet langsam ein und aus und schaut W. mit einem divenhaft übertriebenen Blick an, als wäre ein schluchzend hervorgebrachtes Schuldeingeständnis W.s das einzig Logische, was in diesem Moment passieren könnte. W. dreht die Uhr in seinen Händen und bemerkt, dass sie eine große Delle am Gehäuse sowie ein defektes Glas aufweist. »Sie ist entweder auf einen harten Boden gefallen, oder er ist mit ihr irgendwo grob hängen geblieben«, denkt sich W. Kein Wunder, dass sie nicht mehr läuft.

»Wie ich sehe, hat die Uhr einen starken Schlag erhalten. Können Sie sich erinnern, mit ihr irgendwo hängengeblieben zu sein?«, fragt W., um den Kunden langsam auf die Tatsache vorzubereiten, dass es für jeden offensichtlich war, welchen selbst verursachten Totalschaden er da vorbeigebracht hatte.

»Da kann ich mich nicht daran erinnern. Und überhaupt, mit meinen anderen Uhren hab ich nicht solchen Trouble.«

»Wir werden sehen, ob es unser Uhrmacher im Hause erledigen kann. Ich befürchte aber, dass wir sie einsenden müssen«

»Die hat noch Garantie.«

»Dies dürfte leider nicht von der Garantie gedeckt werden. Die Uhr wurde offensichtlich mit voller Wucht angeschlagen und das nicht nur einmal. Dieses Uhrwerk hat über dreihundert Einzelteile. Eine mechanische Uhr hält so etwas nicht aus.«

»So eine Frechheit. Da kauft man eine Luxusuhr für über fünf K und dann kriegt man nicht mal einen entsprechenden Service! Eine Frechheit, wie diese Luxusbrands mit den Kunden umgehen. Da will ich unsere Uhrenbranche supporten und werde nun dreist zur Kasse gebeten?«, sagt der Wohltäter mit saurer Miene und so lauter Stimme, dass es in der engen Kabine noch enger wird. Wer immer auf irgendeinem Stockwerk gerade auf den Aufzug wartet, dürfte dieses Gejammer durch den Aufzugsschacht gehört haben. W. ist nun klar, dass der Kunde zu denen gehört, die übertrieben viele englische Wörter in die Sprache einfließen lassen. Haben diese Leute ein so geringes Selbstwertgefühl, dass sie meinen, sie müssten sich international geben, um ernster genommen zu werden? Was für ein verzweifelter Strohhalm muss das sein, sich in der heutigen Zeit, in einer modernen Gesellschaft, an der Fähigkeit, Englisch zu sprechen, festzuklammern? Sie tun so, als wären sie schon als Kleinkind um die Welt geflogen, um Termine wahrzunehmen und neue Projekte anzureißen. Nur etwas stand bei solchen eingebildeten Pseudokosmopoliten fest. Mit ihrem W. verhassten Denglisch offenbaren sie nur die Tatsache, in beiden Sprachen keinen besonders ausgeprägten Wortschatz zu haben. Es scheint tatsächlich so, als könnten Siebentausend-Franken-Alligatorschuhe doch nicht alles ausgleichen. All das würde W. dem Kunden liebend gern an den Kopf werfen. In einer perfekten Welt könnte man sagen, was man denkt.

»Es tut uns leid, ich verstehe, dass Sie …«

»Nur dass Sie es wissen«, unterbricht ihn der Herr nun in einem gedämpften Ton, was in Kombination mit seiner Wortwahl noch eine Spur aggressiver anmutet als zuvor. »Ich zahle nichts für die Reparatur. Ich kaufe nie mehr was in Ihrem Saftladen.«

W. ist nun doch fassungslos. Noch nie ist er von einem Kunden so angegangen worden. Das Fass ist voll. Normalerweise würde er solche Erniedrigungen einfach ertragen, aber heute ist schon zu viel vorgefallen.

»Wenn Sie mit Ihrem Range Rover eine Mauer streifen, gehen Sie doch auch nicht später in die Garage und verlangen, dass die Reparatur auf Garantie gemacht wird, oder? So etwas muss das Auto genau so wenig aushalten wie eine teure Uhr. Solche Schläge haben nichts mit normalen Gebrauchsspuren zu tun«, rutscht es W. heraus, kurz bevor die Aufzugstür aufgeht. Man könnte vermuten, dass es W. nun besser geht. Endlich mal etwas Druck abgebaut, endlich mal einem Idioten die Meinung gegeigt, das ist bestimmt gut fürs Seelenwohl. Ist es nicht. Es ist nicht mal annähernd so befriedigend, wie es sich W. immer ausgemalt hat. Oft hat er sich vorgestellt, wie es wäre, einen überheblichen Kunden niederzumachen, aber in all seinen imaginären Szenarien hat W. nicht bedacht, dass der Kunde nach seiner Tirade noch immer vor ihm steht und nicht vor lauter Scham über die verheerende Niederlage zu Staub zerfallen ist. In einem privaten Rahmen wäre so eine Aussage wohl kaum als ein Niedermachen durchgegangen. Aber in einem hochstehenden Juweliergeschäft ist ein Vorfall dieser Art, in welchem man den Kunden auf so direkte Art angeht, eine absolute Grenzüberschreitung, die mindestens eine Beschwerde nach sich ziehen wird. Dessen ist sich W. sicher. Das Herz schlägt ihm bis zum Hals. Er hat zwar noch nie gehört, dass einem Lehrling wegen eines solchen Patzers gekündigt worden ist, aber wie es der Zufall leider häufig will, passieren die schlimmeren Missgeschicke, die selbst bei so einem Juwelier vorkommen können, fast ausschließlich bei den Kunden, bei denen eigentlich auf keinen Fall etwas schieflaufen darf. Über Monate hinweg kann alles perfekt vonstattengehen, jede Bestellung termingerecht eintreffen, jede Uhr einwandfrei am Handgelenk der Kunden funktionieren und jedes Kundengespräch wie ein ungezwungenes Treffen langjähriger Freunde verlaufen. Kaum bekommt man es aber mit einem Familienmitglied, einem Bekannten der Geschäftsleitung, einem Neukunden, dem man unter überschwänglichem Lob dessen Freundes empfohlen worden ist oder vertretungsweise einem Stammkunden, der jährlich über eine Million ausgibt, zu tun, verspäten sich die Bestellungen, fällt bei der neu gekauften Uhr ein Zeiger ab oder kommt es zu Reibungen im Räderwerk des Zwischenmenschlichen. Fällt dieser Kunde auch in eine dieser Kategorien? Ist er ein Stammkunde, den W. noch nicht kennt? Oder hat er vielleicht dieselbe Universität wie der Firmenbesitzer besucht? Gehört er vielleicht zu den Kunden, die, statt sich direkt beim Vorgesetzten zu beschweren, lieber eine scharf formulierte Online-Rezension verfassen, mit der sie nicht nur den Ruf der Firma schädigen, sondern sogar den Verkäufer namentlich verunglimpfen können? Dieses Schreiben von Rezensionen, dieses Petzen für Erwachsene, ist in kürzester Zeit zum bevorzugten Machtinstrument der sozial Überrumpelten geworden und stellt eine weitere Ausgeburt der Feigheit, welche die Anonymität des Internets auswirft, dar. W. merkt, dass er sich zu sehr in seine Spekulationen hineinsteigert. Tatsächlich gibt es aber eine Vielzahl unterschiedlicher Szenarien, in denen man hier wieder an die falsche Person gelangt sein könnte.

»Das ist etwas anderes«, murmelt der Kunde, während er an W. vorbei auf den Empfangstresen der Uhrmacherabteilung zusteuert. W. positioniert sich neben dem Eingang des Aufzugs, um später der – in dieser Situation sehr unangenehmen – Vorschrift zu gehorchen, Kunden, die man als Liftboy nach oben begleitet hat, auch in gleicher Manier wieder zum Ausgang zu lotsen. Man würde also in einigen Minuten nochmal das Vergnügen haben, sich auf etwas mehr als einem Quadratmeter gegenüberzustehen, während der alte Aufzug, in quälender Gemächlichkeit, hinunter ins Erdgeschoss wackelt.

Plötzlich Gelächter. Der Chefuhrmacher und der Kunde kennen sich. Sie umarmen sich und klopfen einander kumpelhaft auf den Rücken. Es scheint ein Wiedersehen nach langer Zeit zu sein. Nachdem sie sich knapp über die wichtigsten harten Fakten des andern informiert und die jeweiligen Existenzbilanzen für sich hierarchisch geordnet haben, erläutert der Kunde in gut gelauntem Ton sein Anliegen, das sich in kürzester Zeit von einem echten Lebensproblem zu einer absoluten Lappalie wandelt.

»Was hast du denn mit der gemacht?«, fragt der Uhrmacher, während er die Uhr zwischen Zeigefinger und Daumen hält, als wäre es ein alter Lappen. »Warst du damit im Steinbruch?«

»Ja, euer Junior hat mir bereits die Leviten gelesen«, sagt der Herr scherzend, während er W. einen freundlichen Blick über die Schulter zuwirft. Man lacht, W. schmunzelt schüchtern. Die Wogen sind geglättet, die Beschwerde abgewendet. W.s Rücken ist nassgeschwitzt.

Wie ist es möglich, dass sich die Stimmung des Kunden gegenüber W. so schlagartig verändert hat? Ist seine plötzliche gute Laune einfach nur gute Miene zum bösen Spiel?

Sekunden vor dem Wiedersehen mit seinem alten Freund hat er das Geschäft als Saftladen betitelt, und nun ist alles vergessen? Seine Wut auf die Uhr und die Welt ist echt gewesen. Das weiß W. mit Sicherheit. Wenn es um positive Emotionen geht, ist es für ihn äußerst schwer einzuschätzen, ob echt oder unecht. Bei negativen ist das ganz anders. Die Galle, die den Kunden hochkommt, die sich nicht ernstgenommen fühlen, ist immer echt. Der unterdrückte Hass gegen den Überbringer schlechter Nachrichten ist immer echt. Der durch Neid befeuerte Ekel des Zürcher Kunden gegenüber dem arabischen Multimillionär, der gerade müde schmunzelnd das Dreifache eines durchschnittlichen Schweizer Jahresgehalts für das Geburtstagsgeschenk seiner zweitältesten Tochter ausgibt, ist echt. Die Angst der Kunden, wenn das Kartengerät bei der Buchung komisch piept, ist immer echt. Das kindische Unbehagen des Privilegierten, wenn seine momentane Situation statt der gewohnten hundert Prozent nur zu siebzig Prozent seinen Kriterien entspricht, ist immer echt.

Diese Emotionen sind einfach. Authentisch. Wahr. Das Unterdrücken der Bestie macht auf Dauer krank.

Haben sich die beiden wirklich über das Wiedersehen gefreut, oder ist die Überschwänglichkeit bloß verordnet? Wieso sich so freuen, wenn es doch jahrelang problemlos ohneeinander funktioniert hat? Schließlich gibt es heute andere Möglichkeiten, um sich wiederzufinden, als einander zufällig über den Weg zu laufen. Wäre es nicht besser, eine Art Gesetz zu verabschieden, das es sozial völlig legitim macht, eine Person, die man zwar vielleicht jahrelang kannte, die einem aber unterdessen komplett egal ist, auf der Straße zu ignorieren? Einfach weiterzulaufen, statt den freudig Überraschten zu geben? So als hätte man die Kontaktdaten der Person nicht nur nicht im neuen Mobiltelefon abgespeichert, sondern sie ganz aus seiner Welt ausgemustert? Oder sollte man eine Regel einführen, die vorschreibt, dass man, wenn man sich ein Jahr lang freiwillig weder getroffen noch kontaktiert hat, zwar beim zufälligen Über-den-Weg-laufen – die gegenseitige Existenz anerkennend – einander zunicken soll, aber aufgrund der überschrittenen Frist das Verbot auferlegt bekommt, stehenzubleiben? In der heutigen Zeit mit all ihren technischen Möglichkeiten gibt es neben der Gleichgültigkeit keine greifbare Einschränkung, die den Wunsch nach Kontakt verhindert. Noch nie zuvor hat man es so gut spüren können, wenn man jemandem egal geworden ist. Wäre so eine zwischenmenschliche Feinjustierung nicht besser, als sich mit »Absolut! Wir sollten wieder einmal etwas zusammen unternehmen« offen und in beidseitigem Bewusstsein über die Absurdität der Situation geradewegs in die Gesichter zu lügen? Hat W. mit dem Range Rover ins Schwarze getroffen?

So arrogant dieser Typ auch ist, W. zieht diese Art Kunden denen vor, die einmal im Monat nervös den Laden betreten, um ihre Uhr polieren zu lassen, weil sie wieder einen kleinen Kratzer abbekommen hat. W. hat für sich die These aufgestellt, dass Leute mit zerkratzten Uhren die glücklicheren Menschen sind. Er hätte dies nie seinen Kollegen sagen können, weil man intern davon auszugehen hat, dass eine teure Uhr etwas Menschenwichtiges ist und als Ergänzung zur Persönlichkeit tatsächlich Gewicht hat, weshalb sie stets mit großer Sorgfalt und an Unterwürfigkeit grenzender Achtung zu behandeln ist. Und trotzdem sind die Rüpel unter den Uhrenträgern die Glücklicheren, denn sie stellen die teure Uhr nicht mal für den kleinen Kompromiss des Ein-bisschen-Achtgebens über sich. Sie sind frei und behandeln die Uhr als die Ergänzung, die sie auch sein soll. Und es braucht einen starken Charakter, um sich nicht vom Handwerk und der teuren Werbung erschlagen zu lassen. Es gibt viele Leute, die vor lauter gespielter Wertschätzung das Genießen vergessen. Die Zwanzigtausend-Franken-Luxusuhr als Unterassistentin anzunehmen, braucht Selbstvertrauen. Die meisten Leute werden von der Uhr getragen, weil ihr Bewusstsein, dass sie etwas Teures tragen, so ausgeprägt ist und sie es so stark ausstrahlen, dass sie die Aufmerksamkeit von sich weg und auf ihren Behang lenken. Somit verliert das Schmuckstück jeden Accessoire-Charakter und wird von etwas Beiläufigem zu etwas Hauptsächlichem. Solche Menschen werden zur Luxusuhr, die sie zur Schau stellen, zum Sportwagen, den sie fahren, zur Kleidung, die sie tragen. Doch gibt es noch vereinzelt diese freien Leute, die dermaßen interessant sind, dass nicht einmal W. am Ende der Begegnung sagen kann, was sie angehabt oder was für eine Uhr sie am Handgelenk getragen haben. Die meisten jedoch überschatten sich mit den eigens erarbeiteten finanziellen Möglichkeiten selbst.

»Also vielen Dank, dann warte ich jetzt mal auf den Kostenvoranschlag«, sagt der Kunde freundlich, während er und W. die letzten Meter zum Ausgang zurücklegen.

Die gemeinsame Fahrt im Aufzug ist ohne Schwierigkeiten vonstattengegangen. Man hat beschlossen zu schweigen, weil eigentlich bereits alles gesagt ist. Der hitzige Moment, der sich zuvor in der kleinen Aufzugskabine abgespielt hatte, schwebte immer noch über ihnen, und beiden war bewusst, dass keine Bemerkung, kein kurzer Wortwechsel noch irgendetwas Positives hervorrufen würde. W. stierte beschäftigt auf die Wähltafel der Stockwerke, als ob dies für eine gut verlaufende Aufzugsfahrt vonnöten wäre, während der Kunde höchst interessiert auf sein Handy starrte, als würde es ihm gerade lebensverändernde Informationen vermitteln. Einmal mehr eins dieser anstrengenden Schauspiele, die nur betrieben wurden, um einen Faustkampf zu vermeiden. Das Unterdrücken der Bestie macht auf Dauer krank.

»Ja, in circa zwei Wochen erhalten Sie Bescheid«, gibt W. zur Antwort. »Ich hoffe, die Manufaktur kann das Problem schnell für Sie lösen.« Eigentlich hofft er, dass die Uhr auf dem Postweg verloren geht.

»Ja, hopefully.«

»Auf Wiedersehen und einen schönen Nachmittag.«

»Auf Wiedersehen, gleichfalls«, sagt der Herr in der Tür. Den Sicherheitsmann nimmt er nicht wahr. Es könnte genauso gut ein Keil sein, der ihm die Tür aufhält.

15:50 Uhr. »Beruf: Anwalt!«, liest W.s Kollegin ironisch vor, während sie dabei ist, die Daten ihres Kunden, der soeben eine Anzahlung auf die Bestellung eines weißgoldenen Tennis-Bracelets getätigt hat, in der Datenbank zu erfassen. »Das muss so ein spannender Beruf sein«, entgegnet die Lehrtochter im ersten Lehrjahr, die der Kollegin interessiert über die Schulter schaut. »Was die Leute wohl alles angestellt haben, die zu ihm kommen? Denken Sie, der hat auch mit Mördern und Gangstern und Bankräubern zu tun? Den schlimmen Jungs? Er wirkt so kalt und abgeklärt.«

»Vielleicht arbeitet er gar nicht in der Strafverteidigung«, erwidert die Kollegin abschätzig, »sondern in einem ganz anderen Bereich. Bankenrecht zum Beispiel.« W., der wieder einmal im Safe herumlungert, hört der Diskussion mit einem Ohr zu. Er spürt, wie man die Begeisterung der Lehrtochter bewusst zunichtemachen will.

»Trotzdem spannend«, antwortet die Lehrtochter trotzig, um ihr vorsichtig Paroli zu bieten.

»Der hat bestimmt nur studiert, um nachher mit seinem Titel protzen zu können. Weißt du, wie viele es gibt, die glauben, sie seien etwas Besseres, nur weil sie studiert haben? Der kriegt bestimmt jedes Mal einen Ständer, wenn er eine solche Informationskarte ausfüllt und seinen Beruf reinschreiben kann.«

Die Lehrtochter steht betrübt da. Auch sie befindet im schmerzhaften Lernprozess, die eigene Meinung hinunterzuschlucken.

Die Kollegin fühlt sich berufen, die entstandene Stille zu durchbrechen und fortzufahren: »Früher waren die Leute definitiv nicht so arrogant wie heute. Die hatten noch Stil und kamen nicht so wie der hier im T-Shirt, sondern noch in Anzug und Krawatte zum Juwelier. Und die Anwälte waren auch richtige Herren, die etwas darstellten.«

W. ist fassungslos über das Maß an Negativität, mit hier gerade versucht wird, die Lehrtochter zu vergiften.

Die Kollegin, Mitte fünfzig, alleinstehend, mit dem Leben unzufrieden, ist dauergereizt, da geschieden und mit drei Kindern gesegnet, die alle auf ihre Art Probleme machen. Ihre Lippen sind schmal, und um die stets hängenden Mundwinkel haben sich wellenartige Falten eingegraben. Alles ihr Überlegene bedroht sie derart, dass ihr nur noch das Herunterreduzieren jeglicher Leistung bleibt. Es ist ausgeträumt. Sie hat sich endgültig eingeredet, ungerecht behandelt zu werden. Ein Leben in konstantem Ressentiment. W. stellt sie sich vor, wie sie in ihrer Jugend die Rolle der Bahnhofstraßenposerin einnahm, indem sie in den Schallplattenläden für Unruhe sorgte, ohne dort je etwas zu kaufen. Wird die Poserin von heute Vormittag auch mal so verbittert enden wie diese Kollegin? Als von der Männerwelt enttäuschte Mittfünfzigerin, weil sich die Traumprinzen von damals aus lauter Arroganz und Oberflächlichkeit für die Traumprinzessinnen entschieden haben?

Das Interesse für die Karrieren ist für den Resignierten nur noch äußerlich.

Notarzt werden, nur um sich selbst beim dramatischen Lebensretten zuzusehen.

Professor werden, nur um als zerstreutes und trotzdem äußerst attraktives Genie beobachtet zu werden, wie man im Universitätsviertel in die Straßenbahn steigt.

Profisportler werden, nur um in der Olympia-DVD-Box als Legende betitelt zu werden.

Schauspieler werden, nur um sich im Making-off beim kreativen Schaffen seines guten Aussehens vergewissern zu können.

Meisterhafter Handwerker werden, um sich dann als bescheidener Unbeteiligter neben dem selbst Gemachten zu zeigen.

Balletttänzer werden, nur um sich bei den Standing Ovations mit herunterhängenden Armen zu verbeugen.

Acht Jahre Jura studieren, nur um bei »Beruf:« Anwalt hinschreiben zu können.

Zeigen, zeigen, zeigen. Das Machen und der Prozess sind egal. Die Leidens- und die Lebensgeschichte sind egal. Die Liebe zum Gegenstand wird vom griesgrämigen Beobachter grundsätzlich ausgeschlossen. Nur ums Zeigen geht es, nur ums Erkennen des Aufhängers. Vollendete Tatsachen beruhigen, strengen die Gedanken und Gefühle nicht an, provozieren nie nachhaltig. Der Uninspirierte sieht nur die Ernte und nie die echten Künstler. Die Kunst, die er verstehen will und für gut befindet, ist nur als Produkt interessant.

Der Uninspirierte ist nicht mal mehr fähig, den himmelweiten Unterschied zwischen sich und den Künstlern zu sehen. Das unbedingte und durchtriebene Durchschauen-Wollen des geheimen oberflächlichen Ziels des Künstlers ist schlecht für die Lebensfreude und trübt die Sicht auf das eigene Leben. Man gönnt sich die Wunder nicht mehr.

Das »Früher war alles besser« der Mittfünfziger-Kollegin ist nicht nur abgedroschen, sondern auch falsch. Früher war nicht alles besser. Manches war besser, vieles war schlechter. Es ist der gewohnte Gang. Schon in den Neunzigern regte man sich, wie heute, über die neue Political Correctness auf. Damals waren es einfach andere Gebiete, wo man für gewisse Verhaltensweisen sensibel wurde. Und davor hatte man gesagt, die Jungen hätten keinen Geschmack mehr für gute Musik, obwohl sie die Rolling Stones hörten. Dann regte man sich auf, dass die Jungen kein Radio mehr hörten, sondern nur noch vor der Glotze hingen. Davor hatte man sich aufgeregt, dass die Jungen nur noch Radio hörten und nichts mehr lasen. Und noch früher hatte man sich aufgeregt, dass sich die Jungen nicht mehr den Klassikern der Weltliteratur widmeten, sondern nur noch billige Kriminalromane lasen. Jede Erwachsenen-Generation findet die Fünfzehnjährigen aufs Neue schrecklich. Es wiederholt sich alles. Die Erinnerungen sind meist hoffnungslos verklärt. Man hat die Tatsache verdrängt, dass man selbst mit fünfzehn ein komplett nutzloses Durcheinander war. Bevorzugen vergangenheitstrunkene Leute die alte Zeit schlicht und ergreifend, weil ihre Leben damals noch nicht verkorkst waren?

Die träge Lustlosigkeit befällt konsequenterweise auch ihr Sexualleben. Die Masturbation befriedigt nur noch so, wie es die erste Zigarette tut, die man direkt nach dem Aufwachen, verkatert, nach einer durchzechten Nacht, raucht. Das Nikotin, die Endorphine wirken selbstständig, interessieren sich nicht mehr für den angedachten Empfänger. Er könnte es auch nicht mehr annehmen. Die Rezeptoren sind abgestumpft. Die Schultern gehen hoch, verkrampfen, der Kopf fällt dazwischen, die Zähne werden zu trocken knirschendem Mahlwerk. Man trottet nach seiner uninspirierten Arbeit nach Hause, um sich entweder weiter zu langweilen oder durch Reizüberflutung zu betäuben. Vielleicht findet man im Internet wieder eine Dokumentation über Leute, die ihr Leben noch weniger im Griff haben als man selbst. Und fühlt man sich durch die kostenlose Unterhaltung nicht einhundertprozentig richtig unterhalten, gibt es die Ein-Stern-Bewertung, weil es all diesen anderen, diesen aus oberflächlichen Gründen Angetriebenen nicht gelungen ist, ihre Bringschuld zu tilgen. Weil es ihnen nicht gelungen ist, der unterdessen ausschließlich Konsumierenden die Unterhaltung zu liefern, die man ihr, nur schon ihrer puren Existenz wegen, schuldet.

Die alte Dame und das Mädchen

16:05 Uhr. Eintritt einer alten Dame mit, wie man automatisch annimmt, ihrer kleinen Enkelin im Schlepptau. Sie trägt ein weit ausladendes Kleid mit Puffärmeln, das ein farbenfrohes Blumenmuster aufweist und im Dekolleté rund, konservativ, bündig mit dem Hals abschließt. Darüber trägt sie ein grob gestricktes, graues Jäckchen, das gerade bis zur Taille reicht und wenigstens obenherum ein wenig Wärrme zu geben scheint. W. lässt sich zu einer kurzen gedanklichen Abschweifung hinreißen und vergleicht sie mit einer amischen Landfrau, die gerade von ihrem Kürbisstand ausgerissen ist, um kurz bei ihm im Geschäft vorbeizuschauen und – gegeben der Fall, dass sie etwas Schönes finden sollte – einen Tauschhandel in Naturalien vorzuschlagen. Wenigstens ihrer Kleidung nach zu urteilen, sieht sie aus, als käme sie direkt aus der Zeit, als an der Bahnhofstraße noch keine Trams, sondern Kutschen das Bild prägten. Ihr Gesicht allerdings sieht modern und zeitgemäß aus. Sie trägt feine Schminke und strahlt eine fast neckische Wachheit aus, was für ihr Alter positiv überrascht und W. sehr beeindruckt. Gesunde, alte Leute sind für W. schon immer eine Aufmunterung gewesen und er hofft, im Alter dereinst auch selbst so gut auszusehen. Sie steuert ihre Enkelin, indem sie mit der flachen linken Hand deren kleines Schulterblatt leicht berührt und so das etwas überdreht wirkende Mädchen sanft neben sich hertreibt. Die Kleine trägt eine weiße Hose, Winterstiefelchen und eine blaue Daunenjacke. Ihre schwarzen Löckchen schauen unter einer schwarzen Wollmütze mit Pelzbommel hervor und springen im Gleichtakt zu ihren tänzelnden Schrittchen auf und ab. Die Tatsache, dass sie so gewöhnlich angezogen ist, lässt die Kleidung ihrer Oma beinahe wie eine dreiste Verkleidung wirken. W. erwartet gespannt, was wohl passieren wird, und freut sich, endlich eine neue Art Kundschaft vor sich zu haben, die er noch nicht kennt und für die, wegen ihrer Seltenheit, keine spannungsabtötende Kategorisierung vorgenommen werden kann.

»Schönen guten Tag, was kann ich für Sie tun?« Bewährt ist bewährt.

»Guten Tag, ich möchte gern die schönen Uhren aus dem Schaufenster sehen«, sagt die Dame äußerst würdevoll und verbreitet dabei eine Atmosphäre kühler Überlegenheit, sodass sich W., am eigenen Arbeitsort, nicht mehr als tonbestimmender Gastgeber fühlt, sondern sich nur noch freundlich geduldet vorkommt. Es stört ihn aber keineswegs. Zu sehr ist er von der Aura der Dame in den Bann gezogen. Endlich wird er wieder einmal richtig bedienen können. Bedienen, angetrieben durch echten Respekt und gegenseitige Achtung und nicht durch die ins Verkäuferego eingebrannte »Der Kunde hat immer recht«-Mentalität. Er lässt sich gern auf das Spiel ein, wobei er sich nicht sicher ist, ob es sich überhaupt um ein Spiel handelt, und gibt eifrig den Hofjuwelier zum Besten.

»Voilà, hier sind diese wunderbaren Kreationen«, sagt

W., während er die teure Auswahl vor der Kundin ausbreitet. Ihre Wahl ist auf eine der exklusivsten Marken gefallen, die sie im Geschäft führen. Es ist selten, dass jemand so zielgerichtet nach diesen Uhren fragt, denn man sieht ihnen ihre Besonderheit nicht auf den ersten Blick an, sondern erst, wenn man sie von der Rückseite her betrachtet. Da kann man nämlich die von Hand in filigranster Kleinarbeit dekorierten Uhrwerke durch ein Saphirglas bewundern und den Grund, wieso diese scheinbar simplen Goldührchen erst ab fünfzigtausend zu haben sind, nachvollziehen oder wenigstens erahnen. Für diesen Preis könnte man sich problemlos etwas *Repräsentativeres* kaufen, aber die Kundschaft, die nach diesem Produkt fragt, möchte ihren Reichtum nicht zur Schau stellen, sondern sich der Tatsache freuen, in aller Heimlichkeit ein unverschämt schönes Meisterstück am Handgelenk zu tragen.

»Darf ich sie anprobieren?«, fragt die Dame, während sie die Hände damenhaft im Schoß ruhen lässt, statt, wie so viele, während der Bitte um Erlaubnis bereits nach dem Objekt der Begierde zu greifen.

»Selbstverständlich, darf ich sie Ihnen anlegen?«

»Gern«, gibt sie zu verstehen, während sie mit kurz geschlossenen Augen eine leichte Verbeugung macht.

W. vermutet, hier einen Verkauf landen zu können. Denn sie ist ebenso sachlich und knapp, wie sie freundlich ist. Aufgrund ihrer Zielstrebigkeit darf man annehmen, dass die Dame das Geschäft bereits mit einem Kaufentschluss betreten hat und er eigentlich nur noch die praktische Rolle des Kassierers und Einpackers innehat. Er müsste also schon einen riesigen Fauxpas begehen, um diesen Verkauf noch zu ruinieren.

»Die ist wunderbar. Geben Sie uns einen kurzen Moment Zeit?«, sagt die Dame, während sie gütig schmunzelnd ihrer im breiten Ledersessel eingesunkenen Enkelin einen Blick zuschickt. »Ich möchte mich mit meiner mitgebrachten Expertin beraten.«

Diese ist während der ganzen zehn Minuten wie versteinert dagesessen und hat mit starrem Blick auf die Uhren gestiert. W. achtet aber nicht weiter darauf. Die Dame hält ihn fest in ihrem Bann, und zudem ist es nichts Außergewöhnliches, wenn sich die Kinder von Kunden, die in aller Regel gegen ihren Willen in dieses Geschäft geschleift worden sind, in einen provokant gelangweilten Jenseitszustand versetzen.

»Selbstverständlich, beraten Sie sich in aller Ruhe, ich bin in der Nähe, wenn Sie mich brauchen.«

Die Chef-Schmuckeinkäuferin blickt W. verwundert an, während er die restlichen Uhren, welche die Dame in ihrer Zielstrebigkeit nicht mal beachtet hat, nach hinten in den Safe trägt. »Wird das was? Die sind schon etwas komisch, finden Sie nicht?« Die Chef- Schmuckeinkäuferin ist W. in den Safe gefolgt. Sie ist nicht neidisch auf W., sondern eher erstaunt, dass sich hier tatsächlich etwas auch nur Halbkonkretes anbahnt. »Ich denke schon«, sagt W., während er hastig nickt und mit überlegener Miene die Uhren fürs spätere Wiederausstellen in den Vitrinen präpariert. Hierbei gilt es, die Fingerabdrücke sorgfältig mit dem Satinhandschuh abzuwischen, das Gehäuse auf Schäden zu kontrollieren, die Uhr um den Bügel zu spannen und die typische Uhrzeit von acht nach zehn einzustellen, damit die sensiblen Marketingbeauftragten der Uhrenmarken, die allesamt an den tiefenpsychologischen Effekt der sogenannten Smiley-Stellung der Uhrzeiger glauben, auf ihren monatlichen Kontrollgängen durch die Bahnhofstraße keinen hysterischen Anfall erleiden. Allzu viel Zeit darf er sich dafür aber nicht nehmen, deshalb begibt er sich gleich wieder zurück auf die Ladenfläche, um sich unauffällig, aber sichtbar in der Nähe seiner Kundschaft aufzuhalten. In gerader Haltung, die Hände hinter dem Rücken verschränkt, wechselt er ein paar Worte mit dem Sicherheitsmann, um nicht so zu wirken, als lauere er auf den Kaufentscheid seiner Kunden. Der aus dem Nichts vorgetragenen Einschätzung des Sicherheitsmannes, dass man sein Vermögen lieber unter der Matratze als bei den »Bankstern« horten solle, schenkt W. kaum Beachtung. Hätte sich W.s geistige Anwesenheit auf seine Physis übertragen, würde er nur noch als halbdurchsichtiger Schatten neben seinem Gesprächspartner stehen. All seine Gedanken richten sich auf die sonderbare Frau und das Mädchen, das W. irgendwie als störend empfindet. Würde sie tatsächlich etwas kaufen? Sie hat zu keinem Zeitpunkt des Gesprächs Anstalten gemacht, nach dem Preis zu fragen, und auch nicht, wie es beim Großteil der Kundschaft sonst üblich war, versucht, ihn beiläufig auf dem baumelnden Etikett zu erspähen. Man könnte meinen, dass dies ein gutes Zeichen sei, jedoch ist es so, dass selbst die Reichsten der Reichen immer nach dem Preis fragen. Selbst die realitätsfremdeste Millionärin fragt danach. Denn auch wenn es überhaupt nicht auf das Sich-leisten-können ankommt, so wollen doch alle wissen, ob der Betrag ungefähr im Verhältnis zur Begehrlichkeit des Produktes steht.

W.s Augen schweifen durch den Laden und treffen auf die seiner Kundin, die sich im Stuhl umgedreht und wahrscheinlich schon ein paar Sekunden den Blickkontakt mit ihm gesucht hat. Unverzüglich, aber ohne ein übereifriges Tempo einzuschlagen, geht er zu ihr und setzt sich, ohne gleich mit der Frage herauszuplatzen, ob ein Entscheid gefallen sei, wieder vis-à-vis. W. entscheidet sich kurzfristig, die Verhaltenstaktik des Gleichgültigen einzuschlagen. Diese Taktik, die einzig darin besteht, so zu tun, als hätte man kein besonderes Interesse daran, etwas zu verkaufen, hat teilweise den Effekt, den Kunden in seiner Kauffreudigkeit zu reizen und aufgrund der daraus entstehenden »Dir zeig ich's«-Dynamik einen Verkauf herbeizuführen, der bei einem engagierteren Verkäufer entweder gar nicht erst stattfindet oder zu einem »Wir müssen noch mal darüber schlafen«-Szenario verkümmert. Je höher die Preislage, desto stärker der Reiz des Kunden, dem gnadenlos ambitionslosen Verkäufer die eigenen Mittel zu beweisen und das fahrlässig faule, aber erstaunlich mutig wirkende Gegenüber auf den Boden der eigenen Tatsachen zu holen.

Ruhig sitzen sie sich gegenüber. W. neigt den Kopf so verständnisvoll, als würde ihm auch eine Absage nichts ausmachen, da er die soeben erlebte Begegnung als eine dermaßen lebenserhellende Bereicherung empfindet, dass nur schon das schiere Einschlagen eines versuchten Gedankengangs an die geldgierige Pflichterfüllung seines Berufes eine unerhörte Anmaßung wäre.

»Uns gefällt die Uhr sehr gut. Ich möchte sie gern.«

Vierundfünfzigtausendvierhundert Franken. W. freut sich und kann es noch kaum glauben, mit seiner morgendlichen Einschätzung, heute fünfzigtausend zu machen, für einmal nicht übertrieben zu haben.

»Vielen herzlichen Dank, Sie haben eine fantastische Wahl getroffen!«, sagt er hocherfreut und muss aufpassen, dass er nicht überschwänglich wird und am Ende womöglich etwas peinlich dasteht. »Ich werde die Uhr ganz kurz entführen, um sie bei unserem Meisteruhrmacher gründlich zu prüfen sowie präzise einstellen zu lassen. Dürfte ich vorher kurz Ihre Angaben erfragen?«, fragt W., während er seinen Silberkugelschreiber zückt und aus der Schublade ein Erfassungsformular holt. Es ist für die Verkäufer üblich, die Daten der Kunden zu erfragen und dabei das Ausfüllen der Karte für sie zu übernehmen. Kaum hat er das Kreuz bei Ms. gemacht, sagt die Dame: »Lassen Sie nur, ich mache das schon«.

Von diesem Ausnahmeverhalten freudig überrumpelt, entgegnet W.: »Vielen Dank, dann bereite ich in der Zwischenzeit gern alles vor. Ich bin gleich wieder bei Ihnen«. Überglücklich gleitet er vom Bedientisch weg, in Richtung Hinterzimmer.

Er ist nun im zweiten Lehrjahr kaum mehr von den Verkäufern zu unterscheiden, die ihn damals an seinem Probetag so schwer beeindruckt haben. Wie alle schwebt er förmlich über den Marmor und strahlt, besonders in solchen Glücksmomenten, diese fröhliche Gediegenheit aus, die im Zusammenspiel mit dem traumhaft schönen Lokal und der warm goldenen Beleuchtung der Schaufenster den berühmten Charme der Bahnhofstraßen-Geschäfte ausmacht. Hinten wartet bereits ein Teil seiner Kollegen, um ihn zu seinem Verkauf zu beglückwünschen. Sein Lehrmeister hat das Verkaufsgespräch die ganze Zeit belauscht und die frohe Botschaft schon weitergetragen. Selbst die Diamantexpertin, die sonst jegliche Verkäufe von anderen mit ihrer Missgunst zu überschatten versucht, klopft W. im Vorbeigehen in stiller Anerkennung auf die Schulter.

Die Uhr ist eingestellt und feinsäuberlich in der Schatulle aus Wurzelholz drapiert. Die Verpackung allein ist bei einer Uhr dieser Güte über zweitausend Franken wert. W. freut sich bereits, der Kundin den ganzen Lieferumfang, der bei so einem Produkt dazugehört, genüsslich zu präsentieren und sich von der anderen zurzeit im Laden befindlichen Kundschaft neugierig dabei beobachten zu lassen.

»Wie wird sie wohl zahlen?«, fragt sich W., während er zurück zu seiner Kundin gleitet. Er trägt, entgegen seiner Gewohnheit, die Uhr der Kundschaft erst nach Bezahlung zu präsentieren, bereits das ganze Paket zur alten Dame. Denn in diesem Fall würden die Zahlungsformalitäten nur für eine kurze, kaum erwähnenswerte Unterbrechung sorgen und das gemeinsame Zelebrieren des Kaufes unmittelbar danach beginnen.

»Madame, wir haben alles so weit vorbereitet. Wären Sie bereit, gemeinsam die Zahlung abzuwickeln?«, fragt W., bescheiden neben seinem Verkaufsschemel stehend.

»Gut, dass Sie fragen!«, entgegnet die Kundin. W. weiß nicht, wie er diese Aussage zu deuten hat. Er setzt sich daher, freundlich lächelnd, auf seinen Schemel, in der Hoffnung, die Kundin werde bald den Grund für ihre Aussage nennen.

Lange Sekunden der Stille vergehen.

Hat die Dame ihre Aussage als witzige Bemerkung gedacht und wartet nun, bis W. sie als solche erkennt und sich darüber belustigt zeigt? Sie sitzen sich gegenüber und schmunzeln sich an. Die flapsig im Stuhl hängende Enkelin ist nach wie vor im Äther und stiert zwischen ihren Beinen hindurch auf W.s wippende Füße, die er unter seinem Hocker verschränkt hat, so als wolle er sich beim eventuellen Abheben in die Schwerelosigkeit an ihm festklammern.

»Also wegen der Bezahl …« beginnt W., der die Stille nicht mehr aushält, aufs Neue.

»Ja, es ist doch so, dass ich ja eine Uhr im Jahr zugut habe«, sagt die Dame, den Kopf geneigt und W. affektiert zublinzelnd, was definitiv deplatziert aussieht und ihn regelrecht erschreckt. So elegant und stilsicher sie bisher gewesen ist, so billig mutet dieses Zublinzeln nun an.

»Ich verstehe nicht ganz, haben Sie eine Vereinbarung mit der Geschäftsführung?«, entgegnet W., der sich für den Moment in die Naivität geflüchtet hat, um die Augen vor dem sich im Laufschritt herannahenden Horror zu verschließen. »Verzeihen Sie, da bin ich offenbar nicht informiert.«

»Ja, ganz recht.« Ihr Ton wird bestimmter.

Das Mädchen ist aus seiner Erstarrung erwacht. Es blickt unter seiner Mütze hervor und beobachtet schnell abwechselnd ihre Oma und W., so wie es Kinder immer tun, bevor es zwischen zwei Erwachsenen zum Konflikt kommt. Es scheint, als habe es nur auf diesen Moment gewartet, in dem das Gespräch von unbedeutendem Erwachsenengelaber in etwas Spannendes, Echtes umschlägt. Auf den Moment, in dem den abgeklärten Schauspielern die Perücken in die Gesichter rutschten. Als geborene Schauspielerin durchschaut sie die billigen Scharaden der Erwachsenen und kann davon nur gelangweilt sein.

»Ich habe sogar eine Vereinbarung mit der gesamten Bahnhofstraße«, sagt die Dame.

Wieder diese unmögliche Pause.

W. empfindet es als absolute Unart, solche Aussagen zu machen und ihnen nichts folgen zu lassen. So als wäre, was sie sagt, absolut logisch und nur von einem höchst Eingeschränkten nicht zu deuten.

»Madame, ich verstehe nicht …«, stottert W., der sich in diesem Moment seiner schwitzenden Handflächen bewusst wird und sie unauffällig an den Oberschenkeln abzutrocknen versucht. Er bemerkt, wie sich der Sicherheitsmann langsam in seinen Blickwinkelt schiebt und Blickkontakt sucht. Er ist wahrscheinlich auf W.s veränderte Körpersprache aufmerksam geworden und verlangt nun durch ein kurzes Zunicken die Bestätigung, dass alles im grünen Bereich ist. Jahrelange Erfahrung hat dafür gesorgt, dass er sofort erkennt, wenn eines seiner sensiblen Verkäuferpflänzchen etwas zu viel Seitenwind bekommt. W. mag sich aber die Schwäche darüber, dass er ausgerechnet von einer alten Dame heillos überfordert ist, nicht eingestehen und ignoriert den Sicherheitsmann, als wäre er souveräner Herr der Situation.

»Ich bin die Alleinerbin des Rockefeller-Imperiums, mir gehört jede Immobilie hier an der Bahnhofstraße.«

W. dämmert es langsam, aber er traut sich noch nicht, den Gedanken auszuformulieren. »Es tut mir leid, aber ich kann Ihnen keine Uhr schenken«, entgegnet er.

»Wie bitte?! Ich muss Sie wohl falsch verstanden haben!«, sagt die Dame so, als gebe sie W. in ihrer äußersten Güte die Gelegenheit, seine unverschämte Aussage zu revidieren und sich des Ranges seines Gegenübers endlich bewusst zu werden.

»Es tut mir leid, Madame, ich kann Ihnen keine Uhr schenken«, wiederholt er.

Die Dame lehnt sich im Sessel zurück und beginnt, W. aufs Neue mit einer ihrer unmöglichen Pausen zu traktieren, während er seine schweißnassen Hände, die nun sogar auf den Handrücken zu glänzen anfangen, erneut an seiner Nadelstreifenhose abwischen muss. Er muss sich geschlagen geben. Seine Augen werden immer größer, seine Mimik und Körperhaltung entgleisen vollends. Fassungslos sitzt er auf seinem Schemel, lässt die Arme schlaff an sich herunterhängen und schaut die Kundin an, als gäbe es noch Hoffnung, dass er gerade einem sonderbaren Scherz aufgesessen ist. Als würde sich die Situation jeden Moment klären, Gelächter erklingen und ein prall gefüllter Umschlag auf dem Tisch liegen.

Hat W. sich diese Begegnung vor lauter Verzweiflung über den bisherigen Tagesverlauf nach seiner Wunschvorstellung zurechtgebogen? Hat er unbewusst sämtliche Warnsignale ignoriert? Erst jetzt fällt ihm auf, dass nicht nur die Lippen der Dame, sondern auch ihr einziger Schneidezahn rot angemalt sind. Ihre Haare sind, entgegen seinem ersten Eindruck, nicht zu feinen Strängen geflochten, sondern hängen in glänzend aneinanderklebenden Strähnen herab, die spärlich verteilten, verschieden großen Inselgruppen ihrer durchsichtigen Kopfhaut entspringen. Auf der linken

Schulter erkennt er eine kleine Ansammlung abgefallener Hautschuppen, die allem Anschein nach regelmäßig von ihrem Ohr auf das graue Jäckchen segeln.

W. beginnt sich förmlich zu ekeln. Er lenkt seinen Blick auf die Enkelin, um herauszufinden, ob er sich auch in ihr so katastrophal getäuscht hat und diese in der Zwischenzeit ebenfalls zu einem schauderhaften Anblick mutiert ist. Sie ist immer noch dieselbe. Sein erster Eindruck hat ihn nicht im Stich gelassen. Das Mädchen sitzt immer noch unbeteiligt auf dem Stuhl, starrt aber nun ununterbrochen auf W.s bebende Hände. Wollte er sich auch noch von diesem Kind erniedrigen lassen, würde er seinem Reflex folgen, peinlich berührt die Hände unter dem Tisch verschwinden zu lassen.

W. lässt seinen Blick auf das Kontaktformular wandern, das vor dem Mädchen auf dem Tisch liegt, und versucht das Geschriebene, obwohl für ihn kopfüber, zu lesen. Das Mädchen hat das Blatt mit Herzchen und Sternchen versehen. In der Rubrik »Vorname« steht in Kinderschrift *Sofia & Grosi*.

W. muss einsehen, dass vor ihm keine potenzielle Kundin sitzt, sondern eine ziemlich verwirrte, insgesamt liebenswürdige Dame, die anscheinend dabei ist, langsam in die verschiedenen Graustufen der Demenz zu driften.

Was wird hier gespielt? Ist es ein sonderbar liebevolles Feiern des Hinübergleitens in den Sinnesverlust? Versucht diese Grosi der Enkelin noch etwas Spaß zu bereiten, bevor sie bald deren Namen vergessen wird? Oder handelt es sich um eine Kindesentführung, ist das Mädchen unter dem Einfluss von Drogen so apathisch geworden? W. wagt nicht, sich dieses Szenario auszumalen und stempelt es als praktisch unmöglich ab. Und trotzdem gehen ihm die bizarrsten Szenarien durch den Kopf. Könnte er gar zur Rechenschaft gezogen werden, wenn er nicht umgehend die Polizei verständigt? Führt sein Tun gerade dazu, dass er in wenigen Tagen als Zeuge bei der Polizei aussagen und sich als untätiger Feigling verantworten muss? Wahrscheinlich könnte er den Kopf aus der Schlinge ziehen, weil dieses ungewöhnliche Paar längst aus mehreren Perspektiven gefilmt worden ist und er wenigstens, wenn schon nicht mit Zivilcourage gesegnet, die denkbar besten Fahndungsbilder zur Verfügung stellen könnte.

Ruckartig beugt sich die Dame vor und schaut W. mit scharfem Blick in die Augen. Zwischen den Gesichtern sind gerade noch dreißig Zentimeter Abstand. W. ist weniger erschrocken als vielmehr gespannt darauf, was als Nächstes passieren wird. Er ist unversehens auf sonderbare Weise tiefenentspannt geworden. Keine Äußerung, die sie gleich machen wird, kann ihn noch erschüttern. Mit dem Galgenhumor des Resignierten nimmt er Abstand zur Situation. Die Dame riecht nach Veilchen und Mottenkugeln. Sie tut ihm leid, und er tut sich auch leid.

»Sie glauben mir also nicht?«, fragt sie, und es ist, als würde sie versuchen, W. mit ihrem Blick zu hypnotisieren.

»Nein«, sagt W., während er unter leichtem Kopfschütteln die Augen schließt.

»Sie sind ein schlechter Mensch. Goodbye.«

W. bleibt keine Gelegenheit, sich zu verabschieden oder auch nur in irgendeiner Form etwa zu äußern, denn kurz darauf ist die Dame, ihre Enkelin im Schlepptau, bereits auf halbem Weg zur Eingangstür.

Das Mädchen dreht sich noch einmal um. Während die Dame es hinter sich herzerrt, nickt es W. beruhigend zu, so als wolle es ihm zu verstehen geben, dass das, was soeben passiert ist, in seiner Welt absolut normal ist und er sich keine Sorgen zu machen braucht. Dies dürfte wohl nicht die erste Einkaufstour mit Grosi gewesen sein.

Der Sicherheitsmann öffnet die Tür nicht sofort, sondern wirft W. einen kurzen, prüfenden Blick zu, der fragt, ob noch alles auf dem Tisch sei. Es könnte ja sein, dass die Dame oder die Kleine etwas eingesteckt haben und deshalb so schnell das Weite suchen. Von der Kundschaft unbemerkt, hält W. mit einem verzweifelten Lächeln den Daumen in die Höhe und entlässt damit das kuriose Paar ins Getümmel der Bahnhofstraße.

Er sieht noch, wie die beiden, kaum aus der Tür getreten, wieder ein normales Lauftempo annehmen und sich gegenseitig so anlachen, als seien sie mit ihrem Streich nochmals glimpflich davongekommen. Es sieht also nicht so aus, als sei das Mädchen entführt worden.

W. erwischt sich dabei, ein Gefühl zufriedener Erleichterung zu verspüren. Auch wenn sich der Zeitaufwand für diese ungewöhnliche Beratung zur Abwechslung in Grenzen gehalten hat, dämmert ihm doch langsam, dass er nicht nur einem Streich aufgesessen ist, sondern auch bereits die Uhr kontrolliert, die Box geholt sowie die Garantiekarte mit dem Kaufdatum versehen hat. Letztere muss er nun bei der Manufaktur für achtzig Franken nachbestellen. Er hat also heute nicht nur keinen Umsatz erwirtschaftet, sondern sogar ein Minus von achtzig Franken.

Die alte Frau ist keine edle Dame, ihre Wahl der Expertenuhr keine Expertenwahl gewesen. Vielmehr hing ihr Griff wahrscheinlich damit zusammen, dass diese Nischenmarke in der unteren Schaufensterhälfte, also auf Augenhöhe des schwarzgelockten Mädchens ausgestellt ist, das von den farbenfrohen Alligator-Armbändern, die standardmäßig an diesen Uhren montiert waren, angezogen wurde.

Erst jetzt bemerkt W., wie er von der am Nachbartisch sitzenden Kundin beim angestrengten Rekapitulieren der Ereignisse beobachtet wird. Sie hat die ganze Szene, die keine fünfzehn Minuten gedauert hat, gespannt verfolgt, während sie darauf wartete, dass ihre Aquamarin-Ohrstecker aus der Ultraschallreinigung zurück sind.

W. ist wie angewurzelt, beide Hände in den Hosentaschen, neben dem Verkaufstisch stehen geblieben und hat mit weit aufgesperrten Augen irgendeinen Punkt in der Leere fokussiert. Äußerst verlegen darüber, von dieser Kundin beobachtet worden zu sein, versucht er nun so zu tun, als sei er die ganze Zeit Herr der Lage gewesen, und schenkt ihr ein äußerst verspanntes Lächeln, bevor er, mit der Uhrenschatulle unter dem Arm, verkrampften Schrittes in Richtung Hinterzimmer eilt. Nur schnell weg vom Ort der Schande.

Sieht man sich das soeben Geschehene von außen an, zeigt sich, dass in dieser bizarren Dreieckskonstellation das Mädchen als Einzige echt, authentisch war. Die Dame war, freiwillig oder infolge ihrer Alterszerstreutheit halb freiwillig, eine Schauspielerin. W. war ein Schauspieler, freiwillig. Das Mädchen aber, die unbefangene Zeugin eines bizarren Erwachsenenschauspiels, war in ihrer gefühlsmäßigen Reaktion, betont gelangweilt zu sein, authentisch und letztlich als Einzige über die Situation erhaben.

Das Gefühl der Erniedrigung entspringt für W. der Tatsache, von einer demnächst dementen Frau vorgeführt und von einem Mädchen dabei verständnisvoll bemitleidet worden zu sein. Wie ironisch es doch anmutet, dass zwei Erwachsene sich in all ihren Vorurteilen, Vermutungen, Abneigungen, Zeichendeutungen, Erfahrungen und hinterlistigen Zielen ineinander zu verstricken beginnen und dabei von einem kleinen Mädchen, das allein einen kühlen Kopf hat, kritisch beobachtet werden. Diese Kleine kennt noch keine Täuschungsmanöver. Sie behält die Oberhand, ohne dafür etwas anderes aufzuwenden als ihre eigene, noch nicht korrumpierbare Wahrheit, die naturbelassen im Gefühl liegt.

Die glücklichen Verkäufer

Die glücklichen Verkäufer sind von Haus aus immer etwas derb. Sie zügeln ihren Charakter mit den Regeln des Anstands in gekonnter Dosierung, sodass der Mensch, wie durch großmaschig Gestricktes, das man sich vor die Augen hält, weiterhin durchscheint. Auch die unglücklichen Verkäufer verwenden die Regeln des Anstands, allerdings nicht zur Zügelung ihres Charakters, sondern um sie zu ihrer eigenen, schwächlich wehrlosen Person zu addieren. Sie werden erst durch den Anstand und das *Sich-fein-geben* ganz. Deshalb wird es immer Verkäufer geben, die mehrmals pro Monat von Kunden angeschrien werden, während den glücklichen anderen so etwas in ihrer gesamten Karriere kein einziges Mal widerfährt. Realisiert das Gegenüber, dass es ein Konstrukt vor sich hat, beginnt es, daran zu rütteln, um zu schauen, wie viel Selbiges verträgt, bis es einknickt. Der Echte allerdings lässt das »Ich könnte auch anders« gerade so stark durchblitzen, dass man sich automatisch auf Augenhöhe, als Menschen, begegnet. Nicht von Kunden niedergemacht zu werden, bildet aber nur einen der vielen positiven Nebeneffekte. Der Hauptvorteil, zur derberen Sorte Verkäufer zu gehören, besteht darin, diejenige Kundschaft, die lieber einen fragilen Flattermann herumscheucht, zwar vor den Kopf zu stoßen, sich aber im Lauf der Jahre eine kleine Schar gut herausgefilterter Stammkunden aufzubauen, die einen nicht als minderen Bediensteten knechten, sondern als Partner verstehen und letztlich zum Menschen erheben. Es sind die infolge dieses Prozesses gefestigten Verkäufer, die ihren Beruf jahrzehntelang ausüben, ohne an ihm kaputtzugehen.

Sieht man sich die Unterteilung in Verkäufer, die von Kunden angeschrien, und Verkäufer, die nie angeschrien werden, an, könnte man versucht sein, den letzten Abschnitt auf die gewohnte Frage – Selbstvertrauen: Ja oder Nein? – herunterzudestillieren. Das stimmt auch teilweise, denn natürlich hat zwischenmenschliches Funktionieren immer bis zu einem gewissen Grad mit Selbstvertrauen zu tun. Allerdings lassen sich im Verkauf, aber auch in anderen Dienstleistungsberufen, viele Leute beobachten, die zwar im Privatleben charakterlich äußerst gefestigt sind und ein gesundes Selbstvertrauen ausstrahlen (ob sie es nur ausstrahlen oder wirklich fühlen, spielt dabei vorerst keine allzu große Rolle, kann man doch auch mit gespielter Selbstsicherheit die meisten Menschen überrumpeln und sich auf der höheren Hierarchiestufe einfinden), die aber, kaum dass sie sich an ihrer Wirkungsstätte befinden, aufgrund der »Der-Kunde-ist-König«-Mentalität meinen, als Untergebene jedes Selbstvertrauen abstreifen zu müssen, und sich damit nicht nur selbst lähmen, sondern auch der schönen, nachhaltigen Begegnungen, die man mit Kunden erleben kann, berauben.

Wäre es nicht hilfreicher, den Kunden statt als König als Gast, den man aus ureigenem Anspruch heraus bestmöglich bewirtet, zu begreifen? Einem Gast ein schönes Gefühl zu bereiten, ist viel befriedigender, als ein solches dem König, aus Angst, geköpft zu werden, verkrampft entlocken zu wollen. Außerdem würde dies zur inneren Grundeinstellung, man sei Herr oder Herrin des Hauses, führen, was nicht nur gut fürs eigene Selbstwertgefühl wäre, sondern auch die Chancen erhöhen würde, gegenüber Kunden, die sich wie die Axt im Walde aufführen, bestehen zu können. Nicht selten liegt der Ursprung kundenseitigen Fehlverhaltens eben gerade darin, dass es die Ansprechperson nicht schafft, genügend Autorität auszustrahlen, weshalb sie, aufgrund ihrer unsicheren Fahrigkeit, dem sich in einem ihm unbekannten Metier nach Führung sehnenden Kunden einen höchst unbefriedigenden Aufenthalt bereitet und damit letztlich gekränkte Gehässigkeiten provoziert. Es ist die Frustration darüber, in dieser unsicheren Schwebe, in der man sich aufgrund mangelnden Fachwissens befindet, nicht von rettender Kompetenz, sondern nur von zusätzlicher Unsicherheit umarmt zu werden. Ein Großteil der Kundschaft hat sich in ein Leben am konstanten Leistungslimit manövriert und kann es nervlich weder ertragen noch sich leisten, an einem Ort, wo normalerweise für alle Anliegen eine Antwort parat sein sollte, auch nur eine Teilverantwortung für das Gelingen der Interaktion zu übernehmen.

Die typisch amerikanische Auffassung »The customer is always right« hat sich längst auch bei uns breitgemacht. Es gewinnt nicht der, der recht hat –weil man von vornherein nicht mehr von Einsicht ausgehen darf –, sondern der, der am lautesten beleidigt ist. Diese Mentalität hat auch bei uns dafür gesorgt, dass sich viele als Kunden entschieden zu ernst nehmen und beispielsweise, wenn das online bestellte Produkt nicht wie versprochen am nächsten, sondern erst am übernächsten Tag im Briefkasten ist, einen kindischen Tobsuchtsanfall erleiden.

16:30 Uhr. »W.!«, ruft die Chef-Schmuckeinkäuferin in den Safe, während sie zwei Bedientableaus voller Diamantohrringe balanciert. »Da fragt einer nach Ihnen!«. W. hat sich hierher zurückgezogen, um sich dem Feierabend entgegenzusehnen. An einen Verkauf glaubt er heute nicht mehr. Glücklicherweise scheint es von den meisten unbemerkt geblieben zu sein, dass er die Vierundfünfzigtausendvierhundert-Franken-Uhr am Ende gar nicht verkauft hat. Der Tagesumsatz ist schon so hoch, dass ein paar zehntausend mehr oder weniger nicht allzu sehr ins Gewicht fallen.

Eine Übersicht:

Betrag: hundertzweiundsiebzigtausend **Was:** fünf Golduhren, zwei mit massivem Goldband **Wer:** Reisegruppe aus China **Alter:** 39 bis 67 **Grund:** Status **Verkauft durch:** die dienstälteste chinesische Verkäuferin.

Betrag: fünfzehntausend **Was:** graue Perlenkette 7-10 mm Durchmesser **Wer:** deutsches Ehepaar aus Baden-Baden **Alter:** 40 und 48 **Grund:** Hochzeitstag **Verkauft durch:** die Lehrtochter im ersten Lehrjahr.

Betrag: dreitausenddreihundert **Was:** sportliche Multifunktionsuhr **Wer:** Zürcher Kundin **Alter:** 34 **Grund:** Konfirmation des Patenkindes **Verkauft durch:** den Lehrmeister, der gerade keinen Lehrling zur Hand hatte.

Betrag: elftausend **Was:** Instandsetzung einer alten, roségoldenen Taschenuhr **Wer:** Geschäftsmann aus Tel Aviv **Alter:** 61 **Grund:** den Vater überraschen **Verkauft durch:** den Dienstältesten.

Betrag: achttausendzweihundert **Was:** elegante Damenuhr mit Mondphase **Wer:** Chinesin, die in Zürich studiert **Alter:** 19 **Grund:** Mitbringsel für die Mutter **Verkauft durch:** die neue chinesische Verkäuferin, vor zwei Wochen eingestellt.

Betrag: sechstausendeinhundertfünfzig **Was:** große Taucheruhr mit Chronograph **Wer:** Zürcher Stammkunde **Alter:** 49 **Grund:** Geschenk für den Anwalt **Verkauft durch:** langjährige Verkäuferin/Oberverwaltungsrätin der Mittagsgruppenplanung.

Betrag: zweiundzwanzigtausenddreihundert **Was:** Ring mit gelbem Diamanten im Princess Cut **Wer:** Geschäftsfrau aus Genf **Alter:** 42 **Grund:** gutes Geschäft abgeschlossen **Verkauft durch:** im Streitgespräch noch nicht definiert.

Betrag: zweiundvierzigtausend **Was:** Diamantohrringe im Tropfenschliff **Wer:** italienische Freundinnen **Alter:** 36 und 40 **Grund:** »Che belli!« **Soeben verkauft durch:** Chef-Schmuckeinkäuferin.

Rechnet man nun noch die vielen kleineren Beträge, die aus dem Verkauf von Ersatzlederarmbändern und Batteriewechseln eingenommen wurden, dazu, so liegt der Tagesumsatz bei etwas unter dreihunderttausend Franken. Es ist einer der stärksten Tage seit Langem. Beinahe alle Verkäufer sind auf ihre Kosten gekommen, weshalb man ziemlich ausgelassen ist und dem schmollenden Lehrling im Safe, der unter den Buhrufen seines Lehrmeisters ein Glas Champagner abgelehnt hat, keine große Beachtung schenkt.

»Wer ist es denn?«, fragt W. so, als ob er die Wahl hätte, Kunden anzunehmen oder, wenn er sich nicht danach fühlte, wieder wegzuschicken.

»Sehen Sie dann«, sagt die Chef-Schmuckeinkäuferin, die ungeduldig in den Bildschirm des überlasteten Kassensystems starrt und mit dem rechten Arm so lange ein dickes Bündel Bargeld von sich wegstreckt, bis die Lehrtochter den stillen Befehl versteht und ihr in untergebener Eifrigkeit das Geld abnimmt, um es, Geldschein für Geldschein, durchs Prüfgerät, das Falschgeld erkennt, zu schieben. »Los, er sitzt gleich rechts.«

Der Uhrenbegeisterte

In dem Moment, als W. ihn auf dem Bildschirm der Überwachungskamera erblickt, weiß er, womit er die verbleibende Stunde bis zum Feierabend – und wahrscheinlich darüber hinaus – beschäftigt sein wird. Am liebsten würde er sich bäuchlings auf den kühlen Marmor legen und sterben. Es gibt Menschen, die für eine Sache zu leben scheinen, so als drehe sich ihre ganze Welt nur um ein einzelnes Themengebiet. Nobel ist dies, wenn es sich dabei um wissenschaftliche Themen, Katastrophenhilfe, Umweltschutz, wohltätige Arbeit oder dergleichen handelt. Mühsam wird es –zumindest für den zwangsläufig mitgefangenen Uhrenverkäufer –, wenn der Fokus einer gesamten Existenz auf der unerheblichen Thematik Luxusuhren ruht, auf dieser Nische aller Nischen, in deren Umgebung man die Worte *Begehrlichkeit, praktisch, angemessen, Understatement, nützlich* und letzten Endes sogar *brauchen* in schamloser Ernsthaftigkeit verwendet, während man auf der Uhrenmesse, mit dem Champagnerglas in der Hand, fernab der Drogensüchtigen, die man noch vor zwanzig Minuten bei der Ankunft am Genfer Hauptbahnhof, sich beschäftigt gebend, ignoriert hat, über die Eigenschaften einer Fünfzigtausend-Franken-Uhr fachsimpelt. Wenn man sich einem Produkt verschreibt, das technisch dermaßen überholt und in seiner maßlos hochgezüchteten, potenziell als geschmacklos geltenden Luxusvariante so überflüssig ist, dass es auf einem Plakat der Bedürfnishierarchie selbst mit größtem Entgegenkommen höchstens als Randnotiz Erwähnung finden würde. Der Uhrenbegeisterte kennt jede Uhr, jede Uhrenreferenz, jede Markengeschichte, jeden Preis, jeden Gehäusedurchmesser, jedes Uhrwerk und, bedauerlicherweise, so gut wie jeden Uhrenverkäufer der Bahnhofstraße. Egal welchen Branchenkollegen man fragt, jeder hat eine Geschichte über ihn zu erzählen. Es gibt mehrere dieser Typen, die am liebsten samstags die Verkäufer aufhalten, aber einer ist extrem. Einer vereint mit schockierender Konsequenz alle unerträglichen Eigenschaften der anderen Uhrenbegeisterten. Und genau dieser eine wartet nun, ekelerregende Selbstzufriedenheit ausstrahlend und mit den Fingern die Sessellehnen tätschelnd, auf W.

Wieso sollte man so einen Kunden hassen? Liebt er doch gerade das Produkt, das man selbst zu lieben hat und gern verkaufen möchte. Könnte man sein übertriebenes Fachsimpeln nicht einfach hinnehmen und den Beeindruckten spielen, während man ihm Schritt für Schritt, ohne dass er es merkt, eine neue Uhr schmackhaft macht? Das Problem ist folgendes:

Der Uhrenbegeisterte kauft nichts. Genauso wenig, wie Menschen, die sich am Genfer Autosalon um den Ferrari-Stand drängeln, damit sie sich nachher lauthals über die verhunzten neuen Modelle aufregen können, den Ferrari kaufen werden. Oder wie die eine Art Kunstfreund, der sich über die horrenden Preise empört und dabei vergisst, dass es gar nicht um ihn geht. Oder die liebenswürdige Variante des Arbeiter-Familienvaters, der sich alles über die Weine Frankreichs angelesen hat, aber nie dazu kommen wird, ein Schlückchen Château d'Yquem zu probieren. Es ist traurig zu beobachten, dass die Leute mit der größten Leidenschaft oder dem größten Fachwissen in aller Regel nicht diejenigen sind, die sich diese begehrenswerten Dinge auch leisten können. Sie sind, weil sie sich dafür entschieden haben, genau diese Dinge gut zu finden, dazu verdammt, alles aus der »Wenn ich im Markt wäre«-Perspektive zu beurteilen, was dazu führen kann, sich früher oder später mit den eigentlichen Endkunden zu verwechseln.

Bei diesem Herrn aber ist die Sache etwas perfider. Er ist in diesem letzten Punkt nicht zu bemitleiden. Er trägt eine teure Uhr. Er ist also, im Gegensatz zu seinen Artgenossen, zu einem früheren Zeitpunkt einmal *im Markt* gewesen, es haben also einmal reale Verkaufschancen bestanden. Aber heute geht es ihm nur noch darum, die neuen Produkte zu belächeln und seine zuverlässig ermüdende »Früher hat man noch Uhren gemacht«-Mentalität raushängen zu lassen. W. weiß, dass zwischen einigen Geschäften darauf gewettet wird, wer ihm als Erstes etwas verkaufen kann. Die Wetteinsätze reichen von einfachen Einladungen zum Feierabendbier über kleinere Geldbeträge bis zum Bezahlen eines gemeinsamen Kurzurlaubs. Es muss nicht einmal eine Uhr sein, ein Lederarmband würde bereits genügen.

Er: circa eins siebzig, sechsunddreißig Jahre alt, Junggeselle. Hat den horrenden Haarausfall akzeptiert und die Haare kurz geschoren. Ein sanftmütiges, verwechselbares Gesicht, so nichtssagend, in den Emotionen so undeutbar, dass W. ihn gern einmal schütteln würde, um zu sehen, ob sich dabei etwas in seinem Gefühlsausdruck verändert oder ob er doch nur ein Roboter ist, der sich, dank des Nichtvorhandenseins zwischenmenschlicher Rezeptoren, jederzeit aus der Situation nehmen kann, weil ihn von vornherein jeder als emotional unmündig ansieht. Vom Typ her könnte der Uhrenbegeisterte genauso gut Modelleisenbahnen sammeln oder mit dem Teleobjektiv am Flughafen stehen, um die landenden Flieger zu fotografieren und seine Observationen, inklusive Typennummern und Landezeiten einer jeden Maschine, fein säuberlich in sein Excel-Logbuch einzutragen. Seine Lieblingskleidungsstücke sind Fleecejacke und Schiebermütze. Er hat längst realisiert, dass er mit seiner Besserwisserei und Pedanterie allen auf den Keks geht und wahrscheinlich allein bleiben wird, weshalb er sich nun voll und ganz der Selbstoptimierung widmet. Funktionelle Kleidung, aufgeräumte Zweieinhalbzimmerwohnung, einmal im Jahr Ferien in Schottland (Whiskybrennereien sind die zweite Leidenschaft), Generalabonnement erster Klasse (man kennt den Fahrplan auswendig), die finanziellen Möglichkeiten stets genau im Hinterkopf sowie die Überzeugung, als organisierter Einsiedler den *Leuten* überlegen zu sein, beschreiben diesen Extremfall.

Er hat nach W. gefragt, weil dieser ihm zugehört hat. Denn W. hat bei der ersten Begegnung den kapitalen Fehler begangen, den vielen Anstachelungen zum Fachsimpeln nachzugeben, und damit sein Wissen offenbart. Der erfahrene Uhrenverkäufer hätte die Gefahr gespürt und sich einfach dumm gestellt, bis das Interesse an ihm auf natürlichem Wege abflaut und das Gegenüber den nächsten, für seine Weisheiten potenziell empfänglichen Verkäufer ins Visier nimmt. Dies haben alle Verkäufer vor W. so gemacht. Sie hatten allerdings vor der ersten Begegnung den entscheidenden Tipp erhalten. W. ist als hin und wieder etwas zu aufmüpfiger Lehrling gern ans Messer geliefert worden und ist seitdem der Lieblingsansprechpartner des Uhrenbegeisterten, dem dieser regelmäßig, durch seine eigene fachkennerische Brillanz ganz angeheizt, ans Verliebtsein grenzende Blicke über den Verkaufstisch zuwirft. W. ist mehrmals kurz davor gewesen, ihm seine Meinung zu geigen, hat sich aber im letzten Moment doch nicht getraut. Heute wird er sich daher konsequent abweisend verhalten und keinen Zweifel daran lassen, dass er Wichtigeres zu tun hat.

»Guten Tag, was kann ich für Sie tun?« W. gibt sich betont kurz angebunden.

»Guten Tag! Ich habe im Forum gelesen, dass das neue Modell der Baselmesse nun doch mit einer Silizium- und nicht wie herkömmlich einer Stahlspirale ausgerüstet sein wird. Finden Sie das nicht unglaublich? Hätten die doch lieber auf die alte Technik gesetzt. Die Marke scheint sich ohnehin selbst zu verraten, indem sie ihre eigenen, bewährten Designcodes zu ignorieren beginnt. Meinen Sie nicht, dass die Begehrlichkeit in den letzten Jahren stetig runterging? Also ein Freund von mir hat sich kürzlich ihr letztjähriges Modell gekauft. Er hat es im Internet bestellt, mit über dreißig Prozent Ermäßigung! Wissen Sie, das mit der DLC-Beschichtung und dem Heliumventil bei vier Uhr. Hab mir das Teil letztens mal ausgeliehen und ausgiebig getestet. Ich hab sie über Nacht ins Gefrierfach gelegt, am nächsten Morgen direkt aufs Prüfgerät: ein Strich, keine

Abweichung in der Ganggenauigkeit! Dann bin ich mit der Uhr Mountainbike gefahren, und am Abend war ich sky-diven. Sie sehen, ich hab sie wirklich genauso getestet wie in der Werbung. Am Abend wieder aufs Prüfgerät und: ein Strich! Was für ein Modell! Gut, für vierzehntausend Fran-ken erwarte ich als Konsument auch nichts anderes. Diese Uhr hat nichts mit dem zwanghaft kommerziellen Mist von diesem Jahr zu tun. Und was tragen Sie heute? Ah, ich sehe. Steht Ihnen gut! Tolle Wahl, die mit dem Neunund-dreißig-Millimeter-Durchmesser – und nicht das größere Protzmodell mit zweiundvierzig Millimetern!«

W. ist noch nicht zu Wort gekommen. Nicht, dass er da-rauf besonderen Wert legen würde. Mit müden, melancho-lisch in die Ferne blickenden Augen kapituliert er. Eine kühlende Gleichgültigkeit legt sich über seine Gedanken, während er die auf ihn einprasselnden Meinungen und Einschätzungen wahrnimmt, als säße er in einem Kasten aus dickem Milchglas. Seine gepunktete Krawatte und das romantische Einstecktuch sind nur noch traurige, erschöpft herunterhängende Relikte eines einst ambitionierten jun-gen Mannes. Jetzt geht es einzig darum, die Situation zu ertragen. Auszuharren, bis Feierabend ist und der Uhren-begeisterte von den routinierten, zeitlich streng getakteten Abläufen des firmeninternen Sicherheitsapparates aus dem Geschäft bugsiert wird. Ein tagtäglicher Ablauf, bei dem die lokale Kundschaft an den sanften Anpassungen in der Kör-persprache des Personals ablesen kann, dass sie in Kürze, aufs Höflichste, nicht mehr erwünscht sein wird. Gegen-über den Touristen, die sich noch seltener als die Lokalen ins Bewusstsein rufen, dass hinter der Freundlichkeit der

Verkäufer ein echter Mensch steckt und dass das tagtäglliche, kräfteraubende Ernstnehmen der wohl lächerlichsten Probleme, die ein Mensch äußern kann, tatsächlich dazu dient, ein Privatleben zu unterhalten, darf man sich bei Ladenschluss, mit professioneller Dringlichkeit und unterschwelliger Genugtuung, der Worte »We are closed now. I'm sorry but we can't extend our opening times for security reasons« bedienen.

W. geht auf nichts ein, was der Begeisterte von sich gibt. Der kühle Marmor zieht ihn immer mehr zu sich hin.

Eine Pause entsteht.

Eigentlich wäre es jetzt an W., den Ball aufzunehmen oder wenigstens kurz anerkennend zu nicken, damit sich das Gegenüber in seiner Begeisterung vom Fachmann bestätigt fühlt. Es ist ihm egal. Soll er doch merken, wie sehr er mit seinen Besuchen alle Verkäufer langweilt, und dass der einzige Grund dafür, dass er noch nie rüde angeschnauzt worden ist, der billige Respekt ist, den man ihm von Berufs wegen entgegenzubringen gezwungen ist. Wie schön wäre es, wenn dieser Typ endlich ein Mindestmaß an Außenansicht bekäme und einsähe, dass er gerade in der übereifrigen Art eines sexuell aufgeladenen Groupies versucht, einen Sechzehnjährigen mit seinem unnützen Branchenwissen zu beeindrucken.

»Ich sehe, dass Sie immer noch dieses Modell mit dem alten Zifferblatt ausgestellt haben. Macht da die Marke keine Probleme? Ich dachte, die hätten doch so extreme neue Corporate-Identity-Vorgaben, die es verbieten, das alte Werbematerial und erst recht ein Modell, das weit vor dem Chefwechsel präsentiert worden ist, auszustellen? Die tun so, als hätte es die alte Marke nie gegeben.« Der Kunde schnalzt mehrmals mit der Zunge. »Darf ich die mal anprobieren?«

»Selbstverständlich. Ich hole sie Ihnen.«

W. geht an dem Kunden vorbei in Richtung der besagten Vitrine. Er sieht seinen Lehrmeister am Empfang stehen und mit zusammengepressten Lippen und großen Augen die Schultern hochziehen.

»Hier ist sie«, sagt W. undeutlich. Er fühlt sich so ausgelaugt, dass er zum Sprechen nicht einmal mehr den Mund richtig aufmachen mag.

»Danke. Wow, ist die schwer«, entfährt es dem Uhrenkritiker, während er die Uhr, die er bereits an seinem stark behaarten Unterarm festgeschnallt hat, hin- und herschwingt, um seiner messerscharfen Analyse bildlichen Nachdruck zu verleihen. »Na ja, ist ja auch kein Titan Grad 5, wie es die anderen machen. Wenn ich mich nicht irre, gab es die auch nie in Titan. Außer die eine Spezialausführung für die Olympischen Spiele in Vancouver 2010!« Man spürt, wie er sich selbst in einen Zustand hoher Erregung versetzt.

W. ist gedanklich schon an einem ganz anderen Ort angelangt. Er nimmt die Ego-Selbstmassage, die sich gerade in vollster Blüte vor ihm vollzieht, nicht mehr wahr, sondern stellt sich vor, wie der Uhrenbegeisterte auf seinem Urlaub in den schottischen Highlands einem anfangs gutmütigen Whiskybrenner in schweizerischem Englisch weit ausholend die korrekte Weise der Whiskyherstellung erklärt und der arme Schotte sich allmählich auszumalen beginnt, ihn irgendwo in dickem, schalldichtem Torf spurlos verschwinden zu lassen.

17:40 Uhr. Der Uhrenbegeisterte ist endlich gegangen. W.s Lehrmeister hatte diskret-indiskret begonnen, neben ihnen die Schaufenster auszuräumen, um darauf aufmerksam zu machen, dass Ladenschluss ist. Wäre das Geschäft heute, wie unter der Woche üblich, bis 19:00 Uhr geöffnet, hätte sich W. noch eine gute Stunde länger quälen müssen. Es ist der Fluch der hohen Preislage. Gewisse Kunden kann man nicht einfach rausschmeißen, solange sie nicht stören oder in irgendeiner Weise ausfällig werden. Überall sonst hätte man so einem Typen längst Hausverbot erteilt oder ihm eine geknallt, aber hier ist das genauso wenig möglich wie in einem Luxushotel. Die Freundlichkeit und das gute Benehmen, die hier Standard sind, werden von solchen Leuten schamlos ausgenutzt.

Ein absoluter Alptraum von einem Samstag neigt sich dem Ende zu. Der Laden ist endlich geschlossen, niemand kann mehr reinkommen. Niemand kann W. mehr in seinen Gedanken unterbrechen. Auch von allen Kolleginnen und Kollegen fällt eine Anspannung ab. Die Herren entledigen sich ihrer Sakkos, vereinzelte Damen streifen erleichtert ihre hochhackigen Schuhe ab, um nur noch auf Strümpfen, lautlos tippelnd, durch die Gänge zu huschen. Man steckt Kreditkartengeräte zum Laden ein, zählt Bargeld nach, reibt mit Fingerabdrücken übersäte Schmuckstücke an Krawatteninnenseiten sauber, füllt Champagner-Reste in still hingehaltene Plastikbecher.

18:00 Uhr. Die Schaufenster sind ausgeräumt, der Safe geschlossen. Das Verkaufspersonal steht gemeinsam im Vorraum und wartet, bis die bewaffnete Patrouille eintrifft, um den Laden zu schärfen und anschließend alle auf die

Bahnhofstraße hinauszubegleiten. Zwei während des gemeinsamen Aufräumens unauffindbare Verkäuferinnen riechen nach Rauch und frisch aufgetragenem Parfum. Man schweigt und lässt die vielen Eindrücke des Tages auf sich wirken. Niemand verspürt mehr Lust, ein Gespräch zu führen. Die zwischenmenschlichen Ressourcen sind aufgebraucht. Man nickt sich höchstens zu oder mimt durch sanftes Schulterheben ein »Tja, so ist es nun mal«.

»Jetzt nur noch den Nachhauseweg überstehen«, denkt W. Seine Überforderung an diesem Samstag wird sich noch weiterziehen. In ein paar Minuten wird er im Bus sitzen, unter lauter Samstagsschlenderern, die ihn wegen seines Anzugs anstarren. Seine Gedanken kreisen. Die angehäuften inneren Konflikte werden ihn heute nicht einschlafen lassen.

Mehrere Minuten herrscht meditatives Schweigen. Es scheint allen gutzutun.

»Bei mir wäre der nach fünf Minuten draußen gewesen«, murmelt der Dienstälteste, während er sich die Krawatte löst.